みがわ

ゆきはる

講談社

装丁　小口翔平＋加瀬梓（tobufune）
装画　凪

みぎがわ

『THE MUSIC LIFE』20××年4月号

RICCAのすべて　『みぎがわ』から『終わらないラブソング』までの軌跡

〜RICCAが語る、ここにしかない衝撃《しょうげき》の真実〜

○お久しぶりです。前回インタビューをさせてもらったのは半年前くらいだったかな。今日はよろしくお願いします。

「よろしくお願いします！」

○今日はデビュー五周年を記念して、RICCAのこれまでを話してくれるということで。

「はい。すべて話します。私自身の話なんて需要があるのかどうかわからないけど（笑）」

○みんな聞きたいと思うよ。デビューシングル『みぎがわ』で彗星《すいせい》のごとく音楽界に登場して以来、RICCAはあまり多くを語らなかったからね。なんだかんだ謎は多いよね。

「基本的には、私の話なんていいから曲を聴いてください、というスタンスなんですよ。だからライブでもあまり話はしません。自分には自信が本当になくて……私が自信を持って表現できるのは音楽だけなので」

○それはRICCAがずっと言っていることだね。自分に自信がない。曲中にもそういうフレーズが出てくることがよくあるよね。
「そうですそうです。それはずっと変わらない」
○そういうRICCAの正直な気持ちが共感を呼んできたんだと思うよ。
「そうなんでしょうか……よくわからないけど、共感してもらえるのはとてもうれしいです。ありがとうございます」
○ところで今まで自分のことを話してこなかったRICCAが、今回この取材を受けてくれたのはなんでなのかな？
「それはこのオファーを頂いたとき、今の自分にぴったりだと思ったからです。ゴウさんにも背中を押されました。『みぎがわ』で私の人生はガラッと変わったんですけど、あれから五年が経《た》った今、やっと地に足がついたというか……ちゃんと『RICCA』として生きていく覚悟が持てたような、そんな気がしているんです」
※ゴウさん：RICCAのマネージャー
○RICCAとして生きていく、か。今までは「RICCA」というキャラクターを演じているような感覚があったということ？
「うーん……。なんというか、今までは『みぎがわ』以前の自分と『RICCA』は違う人間であるような気がしてたんですよね。でも今回リリースする『終わらないラブソング』という曲を作れたことで、自分の気持ちをちゃんと受け入れることができて」

「はい。実は私、『みぎがわ』がリリースされた直後に当時の彼とお別れをしていて」

○あ、それみんながめちゃくちゃ気になってる話。そんなにさらっとしちゃって大丈夫？（笑）

「あ、そうか。さすがにまずいかな。ゴウさん、大丈夫？（笑）……大丈夫みたいです。そういえば今日はなんでも話していいって言ってました」

○ゴウくんは本当にいいマネージャーさんだ。ＲＩＣＣＡのブログにもよく登場するから、最近ファンのあいだでは有名になってきているよね。

「そうなんですよね。ゴウさんは目立ちたがり屋だから（笑）。あのブログは私の話をもとにゴウさんが代筆してくれているんですけど、写真も自分が写っているものを自ら選んで貼っているんですよ」

○そういえばＲＩＣＣＡは文字が苦手なんだったよね。

「はい。『ディスレクシア』という障害を持っていて。日本では『難読症』や『識字障害』とも呼ばれているもので、文字の読み書きに困難を感じるという発達障害の一種です」

○それについてはデビュー後すぐに公表していたね。ディスレクシアのことをみんなに話すのはすごく勇気が必要だったと思うけど、どう？

「うーん。あのころは自分自身のことを話すつもりはなかったんですけど……でもディスレクシアのことだけは話さなきゃいけないな、と思っていました。それなりに勇気は要りましたけど、話したいと思う気持ちのほうが大きかったです」

○自分の気持ち？

○話したいと思ったのには、なにか理由がある？

「はい、あります。私自身、ディスレクシアの存在を知るまでずっと闇《やみ》のなかにいたんです。文字が読めないなんて恥ずかしいな、私はこのままずっとなにもできないままなのかなって。未来が全然見えなくて、ちょっと自分を諦《あきら》めているような感じでした。でもあるとき、私はディスレクシアなんじゃないかって教えてくれた人がいて。それで気持ちがすっと軽くなったんです。ああそうなんだ、恥ずかしいことじゃないんだって思えて……なんていうか、光が差したような気がしたんです。だから私も同じように悩んでいる人の光になれたらな、と思って」

○ＲＩＣＣＡのモットーは「英雄になりたい」だもんね。

「そうです！　小さい子が『スーパーヒーローになってみんなを守りたい』と言っているのと同じような気持ちだと思っています」

○そういう気持ちを持つようになったキッカケとかってあるの？

「うーん、そうだなあ。小さいころから漠然とは持っていたと思うんですけど、もっとはっきりとしたのは、ディスレクシアのことを知ったときだったと思います。さっき話したような闇のなかにいるころ、私がギターを弾《ひ》いたり歌ったりするのは、『自分』という存在を守るためだったと思うんです。闇に飲まれてしまわないように、必死でギターにしがみついていたというか。だけどディスレクシアの存在を知ってから、音楽をやる目的自体が少しずつ変わっていきました。自分のためだけではなく、だれかのために音楽をやってみたいという気持ちになったんです」

○それで、音楽でだれかを救う「英雄」になりたい、と。

「そう。私はそれまでずっと音楽とかギターに救われてきたので、私もいつか救う側になれたらなあって。人のためになにかをしたいっていう気持ちって、自分にある程度余裕がないと持てないと思うんですけど。私の場合はディスレクシアのことを知って、自分の気持ちに余裕ができたから、そんなふうに思えるようになったんだと思います」

〇そうだったんだ。実際R－CCAは『みぎがわ』からの五年間で、たくさんの人の心に音楽を届けてきたよね。まさに「英雄」になれたと言ってもいいと思うよ。

「いや、そんな。まだまだです。でもたくさんの人に曲を聴いてもらえるようになったのは事実だと思うので、『みぎがわ』のときに比べたら少しは『英雄』に近づいたというか……『英雄の卵』くらいにはなれているのかな。デビューしたころは、このチャンスを活《い》かして絶対に英雄になってやる！　ってすごく必死だったんですけど。今は前よりも少し冷静に、音楽にも自分の気持ちにも向き合えているような気がします」

〇たしかにデビュー当時のR－CCAは、右も左もわからないながらも、なにか爪痕《つめあと》を残そうと必死にもがいていた気がするね。

「そうですね。今思うと、本当に必死だったなあと。あのころは『聴いてくれないと死んじゃう！』みたいな……半分脅しのようなテンションでずっとやっていましたから（笑）」

〇そうそう、まさにそんな感じだった（笑）。僕がはじめてR－CCAに会ったのは、『みぎがわ』がストリーミングサイトのデイリーランキングで一位をとった次の週だったよね。

「そうです！　覚えていて頂けてうれしいです。私にとってはそれがはじめての大型取材で、と

って も 緊張しました」
○緊張してたかな？　僕にはそうは見えなくて、見た目は普通の高校生なのに目だけはすっごくギラギラしていたと記憶している。私を知らしめてくれ！　って。
「そうでしたか？　うーん……そうだったかもしれない（笑）。でも緊張はしてましたよ」
○そうだったのか。あのとき、僕はとんだ大物が出てきたぞと思ったけどね。あ、話がそれたね。じゃあそろそろ、さっき言っていた彼との話を聞かせてもらっちゃおうかな。
「はい。実は、『みぎがわ』はその彼とのことを歌った曲なんです」
○なんという衝撃発言。そのことについては、今までインターネット上でかなり議論がされているんだ。『みぎがわ』はＲＩＣＣＡが当時の彼氏とのことを書いた曲である、という彼氏いる派と、みんなのＲＩＣＣＡに彼氏なんかいるはずがない、ＲＩＣＣＡは天才だから相手なんていなくてもあんな曲が書けるんだ、という彼氏いない派があった。それは『みぎがわ論争』なんて言われていて、今でもたまに見かけることがあるくらいの話だよ。
「ですよね（笑）。ネットの話題はゴウさんが教えてくれるので、私も知っています。『みぎがわ論争』は彼氏いる派の完全勝利で今日幕を閉じます」
○いきなりの閉幕だな。いや、でも僕も初耳だ。そうだったんだ。
「はい。『みぎがわ』はもともと、彼へのクリスマスプレゼントとして作った曲だったんです。でも急にあんなことになってしまって」
○すごいバズり方だったよね。あんな事例は後にも先にもない。

「再生回数が一気に十万回を超えて。一週間後には五十万回になって、あれよあれよというう ちに今のトレンド！　みたいなことになっちゃって。そんなことになるとは全然思っていませんでした」
○それが結果としては彼との別れにつながったの？
「そうですね。デビューも決まり、東京に出ることになって。いろいろと考えた結果、このまま付き合うことはできないな、と。それこそ、ゴウさんから『みぎがわ論争』のこととかも聞いていたので」
○そうだったんだ。じゃあデビュー当時は傷心していたということだったんだね。
「はい。私からお別れしたんですけど……やっぱり悲しかったです」
○ＲＩＣＣＡがどれだけ彼のことを好きだったのか、『みぎがわ』を聴けばわかる気がするな。
「それは自分でも思います。自分で言うのもなんですけど、『みぎがわ』は本当に愛に満ちてますよね。だからお別れしてからしばらくのあいだ、この曲を歌うのはつらかったです。でも歌うしかなくて。『ＲＩＣＣＡ』という鎧《よろい》のおかげでなんとかなっていたような感じです。今はもう大丈夫なんですけど」
○そうなんだ。いつごろから大丈夫になったの？
「『終わらないラブソング』を書いてからです。この曲は私が作ったなかでいちばん新しい曲なので、かなり最近です。最近になってようやく『みぎがわ』をフラットな気持ちで歌えるようになりました」

○なるほど。それで最初に言っていた、「自分の気持ちを受け入れることができた」ということにつながっていくのかな。
「そうです。『終わらないラブソング』を作ることができて、やっと自分のなかで彼についてのことが吹っ切れたので、今なら『みぎがわ』のことも話せるな、と思いました」

≀

僕は読んでいた音楽雑誌を閉じて、部屋の隅《すみ》のゴミ箱に投げ入れた。インタビューはまだ続いていたけれど、次のページをめくることができなかった。

オレンジ色の思い出が、真っ黒な絵の具で塗りつぶされていくように感じる。僕はふらふらと立ち上がり、冷蔵庫にあるビールをとりに行くことにした。

ＲＩＣＣＡという、今をときめくシンガーソングライターがいる。

突然郵送されてきた音楽雑誌。送り主は、「株式会社 グローリー・ミュージック」となっていた。ＲＩＣＣＡが所属する音楽事務所だ。雑誌の表紙は、ＲＩＣＣＡの顔がアップで写された写真だった。デビュー当時から変わらない、まっすぐに切りそろえられた前髪と、猫のような目。

その写真に重ねて、「ＲＩＣＣＡのすべて 『みぎがわ』から『終わらないラブソング』までの軌跡 ～ＲＩＣＣＡが語る、ここにしかない衝撃の真実～」という表題も書かれていた。

僕はＲＩＣＣＡを知っている。

いや、今ではみんながRICCAを知っている。

でも彼女が「リカ」というひとりの女の子だったころ、隣でその歌声を聴いていたのは僕だけだった。

僕と彼女は、季節がほんの一周するかしないかのあいだをいっしょに過ごした。

有名人の過去を知っているなんて言うと嘘《うそ》だと思われそうだけれど、決して作り話なんかじゃない。誇張《こちょう》した自慢話なんかでもない。僕はたしかに、リカの「みぎがわ」で同じ夕焼けを見ていた。

RICCAは、僕とリカの思い出をぺらぺらと話す。

吹っ切れたから、話す？

……ふざけんな。

あのとき僕のことを散々見下して、切り捨てたくせに。勝手なことを言わないでほしい。

苛立《いらだ》つ気持ちを抑えて階段を下り、一階にあるキッチンに向かった。冷蔵庫から缶ビールを取り出し、その場で一気に飲み干す。その冷たさで頭痛を感じながら、新しい缶を持って再び自室に戻った。

ひんやりとした床に寝転び、ゴミ箱の雑誌に目をやる。

今更、思い出したくなんてなかった。

押し寄せてくる心の痛みをやり過ごすために、ぎゅっと目を閉じた。心の奥にしまいこんでいた彼女との思い出が、次々とよみがえってくる。いろいろな場面があまりにも鮮明に思い浮かんで、冷たい床に身体《からだ》が沈んでいくような気がした。

彼女が僕の人生に登場したのは、高校三年生の五月のことだった。

ゴールデンウイークが明けて久しぶりに通学した日の帰り道、僕はいつものように駅から家に向かって自転車を走らせていた。

桜並木が土手の下に流れる川を見下ろしている。「小川」と呼ぶのがしっくりくるような、浅くて細い川だ。だれが管理しているのかわからないけれど、土手は整えられた芝で覆《おお》われている。段ボールでも敷いて芝すべりをしたら楽しそうだと思っていたけれど、子どもみたいで恥ずかしかったので実際にやったことはない。

ここを自転車で駆け抜けるのが好きだ。夕焼けが綺麗《きれい》に見えるこの道を、僕は心のなかで「夕焼けロード」と呼んでいた。

桜の木の青々とした葉が、風に揺られてさわさわと音を立てている。葉の香りと土の匂《にお》いが混ざったような春の風を思いきり吸いこみながら、いつも通り夕焼けロードを快走していると、遠くからアコースティックギターの音が聴こえてきた。今までそんなことは一度もなかったので、五月の風のあまりの心地よさからくる幻聴なのではないかと思った。

少し進むと、桜の木の下にセーラー服を着た女の子のうしろ姿が見えた。川のほうを向いて芝生の上に座りこみ、アコースティックギターを弾いている。

どうやら、彼女が奏《かな》でる音が僕の耳に入ってきているらしい。

僕は自転車の速度を少し落とした。彼女が着ているセーラー服は、自宅からいちばん近い高校の制服だった。僕の家の近隣に住む人たちはたいていそこに進学していた。五歳年上の僕の兄も例外ではなく、その高校の卒業生だ。

見慣れた制服を着た、見慣れないうしろ姿。背中の真ん中あたりまである黒い髪が、風にふんわりと揺れている。

――道端《みちばた》でギターを弾くなんて、変わった子だな。

僕は何気なく彼女に視線を向け、いつもよりゆっくりと自転車を前に進めた。

彼女はギターを弾きながら、小さな声で歌っていた。彼女の真うしろを通った瞬間だけだったけれど、その歌声ははっきりと僕の耳に届いた。囁《ささや》くような歌い方なのに、なぜかよく通る声。なんだか不思議な声だと思った。

その日から毎日彼女はそこにいて、僕はその背中を横目に自転車を走らせた。

彼女が歌っているのは、いつもきまってビートルズの曲だった。それに気がつくのには数日かかった。彼女は有名な曲の数々を、原形をとどめないほど大胆にアレンジして弾いていたからだ。僕はそのアレンジがけっこう好きだと思った。聴いているうちに彼女の歌にどんどん興味が湧《わ》いてきて、僕の自転車のスピードは日を追うごとに落ちていった。

それからの一ヵ月で、彼女は「雨の日」と「学校が休みの日」以外は毎日そこにいることがわかった。僕は普段、雨の日は自転車に乗らずバスを使っているし、休日は夕焼けロードを通らない。にもかかわらずそれらの日に彼女がいないことがわかったのは、雨のなかをあえて自転車に乗って通学したり、休日の夕方にわざわざ駅に向かって自転車を走らせたりしたからだ。要するに、僕は彼女のことがかなり気になっていた。

夏の気配が感じられるころになると、彼女のうしろを通るときには自転車を降りるようになっていた。彼女のギターの音色が聴こえなくなるまでゆっくり歩き、また自転車に乗って家に帰る。僕はこの道を通るのが前よりもっと好きになった。

そんなふうにして、僕の高校最後の一学期が終わった。

夏休みは、主に自宅で受験勉強をして過ごした。

僕は、高校の近くにある国立大学に進学して、そのあとは地元で公務員にでもなろうと思っていた。僕の成績は特別いいわけではなかったけれど、志望校の合格ラインは常に超えていたので、特に焦る必要もなかった。毎日夏期講習に通い、予備校にこもるクラスメイトたちに比べれば、のんびりとした夏休みを過ごしていたと思う。

自宅での参考書との睨《にら》み合いに飽きると、図書館に行き、雑誌や小説を読んで時間を潰《つぶ》した。図書館への往来で夕焼けロードを通った。でも夏休み中にあの子を見かけることは一度もなかった。

図書館に行くのが億劫《おっくう》な日には、部屋にあるエレキギターを手に取ってみたりもした。知りうるかぎりの簡単なコードを押さえては、弦を右手の指ではじく。アンプにつながれていないので情けない音しか鳴らない。こんなふうにしか弾いてもらえないこのギターが、なんだか不憫《ふびん》に思えた。

「これ、やるよ。記念品贈呈《ぞうてい》だ」

僕が中学二年生になった春、そう言ってこのギターを置いていったのは、僕の兄だ。

「東京に行く。音楽で食っていきたい」

高校卒業を控《ひか》えたころ、兄貴が両親に向かってそう言うと、彼らはわかりやすく顔をしかめた。銀行で働く父と、近所のスーパーでパートをする母。父は真面目《まじめ》で無口、母は明るくて心配性だ。母は、父の安定した収入にいつも感謝していた。だから息子である僕たちにも、父のような職に就くことを望んでいた。

「そんな突拍子もないこと言わないで、ちゃんと就職しなさい。普通がいちばんなんだから」

母のその言葉に、隣にいた父も静かにうなずいた。

普通がいちばん。これは母の口癖《くちぐせ》だ。母は僕たちが幼《おさな》いころから常々そう言っていて、父はいつだって黙ってうなずき賛同していた。

「昔から思ってたけど、母さんの言う『普通』っていったいなんなんだよ。やりたいこともやらずに周りに合わせて生きることか？　だとしたら、俺にはそれがそんなに価値のあるものには思えない」

兄貴はそう言い放ち、高校卒業と同時にこの家を出ていった。僕の部屋に、記念品とやらを置いて。

あれからもう四年が経ったけれど、兄貴がこの家に姿を見せることはなかった。家出息子と話すわけにはいかないが、でも様子は知りたい、という両親のために、僕が取り次ぎ役を引き受けた。僕は一ヵ月に一回くらいの頻度で兄貴と電話で話した。

兄貴は子どものころから人気者で、学級委員や応援団長などの目立つポジションにいつもいた。人前に立つことが得意で、クラスメイトと漫才を披露してみんなを笑わせるようなこともあった。もしかすると、そうすることで「普通がいちばん」という母の言葉に反発していたのかもしれない。僕はそんな兄貴を誇らしく思ったり、ときには疎《うと》ましく思ったりもした。

兄貴は高校進学と同時にエレキギターを練習し始め、ほどなくしてバンドを結成した。バンドの名前は「ＴＥＮＤＥＲ」。同級生で結成したＴＥＮＤＥＲはみるみるうちに注目の的となり、兄貴は地元でちょっとした有名人になった。

地元で有名なくらいじゃ東京ではやっていけない。

そんなことはきっと兄貴だってわかっていた。それでも兄貴は出ていった。

「俺のギターやるからさ、お前もバンドでもやってみたら」

兄貴にそう言われたけれど、僕がバンドなんてやるわけがない。音楽は好きだ。でも目立つことはしたくない。普通がいちばん。僕は兄貴とは違って、母のこの口癖に賛成だった。だから「記念品」として置いていかれたこのエレキギターは、冴《さ》えない僕の部屋をちょっとおしゃれにするだけのインテリアと化していた。

この夏休み中に、兄貴と一度だけ電話をした。

TENDERの『ここから』という曲が、深夜放送のテレビ番組の主題歌に決まったという。それがどのくらいの快挙なのか、僕には見当もつかなかった。おめでたいことだとは思ったけれど、兄貴が遠くに行ってしまうようで少し寂《さび》しい気もした。

「八月中に東京でライブやるから見に来いよ」

兄貴はそうも言っていたけれど、たいして忙しくもない受験勉強を理由に断った。


八月の暑さを引きずったまま、九月がやってきた。

始業式の日の帰り道は、まるで電子レンジに放りこまれたのかと思うくらいの暑さだった。焼けたアスファルトの匂いとうるさいほどの蟬《せみ》の声が、より体感温度を上げる。

自転車をこぎながら耳をそばだてると、アコースティックギターの音がたしかに聴こえた。自転車を降り、ゆっくりとその道を進む。

彼女の歌が以前と違うことに気がついたのは、彼女の真うしろを通ろうとしたときだった。今日彼女が歌っているのは、明らかにビートルズの曲ではない。少し不思議なメロディーに気を取られ、思わずその場に立ち止まった。

小さな歌声によくよく耳を澄ましてみると、

「だ〜れ〜かをまもり〜たい、だれ〜かをすくいた〜い……」

と歌っていることがわかった。聴いたことのないメロディーに乗せて、だれかを守りたい。だれかを救いたい。そのふたつの願望を表す台詞《せりふ》が延々と繰り返されている。

「今の曲、なに？」

その歌がやむと同時に、僕は彼女に声をかけていた。自分の意思に関係なく言葉が出たのははじめての経験だった。

「えっ⁉」

僕のほうを振り向いた彼女は、驚いたように目を丸くしていた。まるで定規で線を引いたかのように、まっすぐに切りそろえられた前髪。その直線の下にある目は少し吊《つ》り上《あ》がっていて、なにかのアニメのキャラクターに似ているな、と思う。

「あ……ごめん、急に。今日はビートルズじゃないんだ、と思って……」

ふと我に返って、突然声をかけてしまったことを後悔した。駅から家に帰るのには、ここは別に商店街を抜けていくルートがあったけれど、僕はこの夕焼けロードが気に入っている。変な奴だと思われてこの道を使えなくなったらどうしよう、と不安になった。

「もしかして……いつも聴いてくれてたの？」

ところが彼女の口から出たのは意外な言葉だった。はじめて耳にする彼女の話し声は、春からずっと聴いていた歌声とまったく同じ声だ。

「ああ、うん……」

「ほんとに⁉」

やったー、と彼女は満面の笑みを浮かべた。「ニッ」という効果音がよく似合う笑顔を見て、さっき思い出したキャラクターは猫娘だな、と思う。少しきつそうにも見える吊り上がった目が、笑うと細い三日月のような形になる。口元から少しだけのぞく八重歯も、よりいっそう猫娘らしさに拍車をかけていた。

「声かけられたの、はじめてだよ。うれしいな。私、ずっとここで歌ってるのにだれも声かけてくれなかったから、自信なくしちゃうところだったよ。きみは私のはじめてのお客さんだね」

僕は意外な展開に戸惑った。声をかけたことでこんなに喜んでくれるなんて思ってもいなかったからだ。僕が黙っていると、彼女は楽しそうに言葉を続けた。

「はじめてのお客さん、名前はなんていうの？」

「高橋《たかはし》……だけど」

「下の名前は？」

「智也《ともや》」

「トモヤくんか。じゃあ、トモって呼ぶね。私は、リカ。リカって呼んで」

「え、ああ、うん……」

彼女の天真爛漫《てんしんらんまん》さに圧倒された。自分から話しかけておいてなんだけれど、はじめて会った人とこんなに急に近づいてしまうのは、なんだか少し怖い気もした。

「ねえトモ、さっそくだけど、私の歌聴いてってよ」

リカはあぐらをかいてギターを抱《かか》えたまま、僕に向かって手招きした。その姿はまるで招き猫みたいで愛くるしかった。自転車を押していた姿勢のまま立っていた僕は、自転車をその場に停《と》めてリカの右隣に腰を下ろした。

火照《ほて》った芝生の上に座ると、川の流れがよく見えた。真夏の太陽に照らされて、川面《かわも》がきらきらと光っている。

「じゃ、いくよ」

そう言ってリカが歌いだしたのは、聴いたことのないミディアムテンポの曲だった。歌詞はなく、鼻歌だ。どこかで聴いたことがある気がするのに、記憶のどこを探しても見つからない。やけに親しみを感じるメロディーではあるけれど、絶対にはじめて聴く曲だ。リカが作った曲なのかもしれない。はじめて耳にしたはずのその曲を聴いて、不思議となつかしさを覚えた。

曲が終わってからも、僕は呆然《ぼうぜん》と川を見つめていた。

「トモ？」

歌い終えたリカが、心配そうに僕の顔をのぞきこんでくる。その声でようやく現実に引き戻された。

「あ、ごめん。なに？」

「なに？　って、なに？　ちゃんと聴いてた？」

「聴いてた……と、思う」

「なにそれー。トモのためだけに歌ったんだからちゃんと聴いててよね、もう」

リカはちょっと怒ったような表情を作って見せたけれど、あまりうまくいっていなかった。目が三日月形に細くなっている。

「いや、なんか……うまく言えないけど、なんていうか……いい曲すぎて」

驚くほど薄っぺらい言葉になってしまった。でもそれはしかたないことだったと思う。僕の頭はまともに働いていなかったのだ。リカの曲が、本当に「いい曲すぎた」から。

「え、ほんとに⁉　この曲、いい？」

リカはうれしそうに身を乗り出してきた。猫のような目が大きく見開かれる。その目があまりにまっすぐ僕を見つめるので、このまま視線を合わせていたら身体ごと吸いこまれてしまいそうだと思った。

「うん、いい。一生聴いてられるなって思った」

慌ててリカの目から視線をそらしながら、少しずつ働き始めた頭で次の言葉を考えた。

「この曲、自分で作ったの？」

僕がそう訊《たず》ねると、そうだよ、とリカはうなずいた。

「実はね、これ、今まで作ったメロディーのなかでいちばんのお気に入りなの。私以外にも気に入ってくれる人がいて、うれしいなあ」

リカは抱えたギターを愛おしそうに撫《な》でた。よく見るとかなり古そうなギターだ。日焼けして色褪《あ》せたボディは、乾いた紅葉のような色をしている。

「歌詞はないの？」さきほどから気になっていたことを訊《き》いてみた。

「歌詞は、ない」リカは短いため息をついた。「ほんとはちゃんとした歌詞つけてあげたいんだけどね。思いつかなくてさ」

「そうなんだ」

「あと、歌詞をつけたところで言葉が負けちゃうっていうのもある。私の曲が、よすぎて」

当たり前のように自画自賛するリカを見て、貴重な動物を見たときみたいな気持ちになった。

「謙遜《けんそん》とか、しないんだ」

「え？　だっていいでしょ、私の曲。トモも気に入ってくれて、もっと自分の曲が好きになったよ」リカは誇らしげに微笑《ほほえ》んでいる。

「それは……よかった」

他人事《ひとごと》のように言ってしまったのは、たぶんリカをうらやましく思ったからだ。自分の作ったものに誇りを持てるというのは、いったいどういう気分なんだろう。

「ほんと、ありがとね」

うれしそうなリカの笑顔に思いがけず心を惹《ひ》きつけられてしまい、僕は少しうろたえた。

「そろそろ行かなくちゃ。僕、一応受験生だからさ」そう言って動揺を隠す。

「受験生だったの？　ってことはトモも三年か。ごめんね引き止めちゃって」

トモも、ということはリカも三年なのだろう。

「いや、大丈夫。そんなにがんばって勉強してるわけでもないし」

言ってしまってから不安になった。リカも同じ高三なら、受験生なのかもしれない。だとしたら鼻につく発言になってしまったのではないか。

「じゃあ、明日もここに来てくれる?」

僕の不安をよそに、リカは屈託のない笑顔で言った。

「ああ、うん」

もちろん! とはしゃぐ気持ちを抑え、僕はそっけない返事をした。

「やったね。私、放課後は毎日ここに来てるから。雨が降らないかぎり」

知ってる。そう言いかけて、慌てて言葉を飲みこんだ。

「わかった。じゃあまた明日、ここで」

僕はそう言いながら立ち上がった。自転車のハンドルを握り、スタンドを軽く蹴《け》る。本当はもっとリカの歌を聴いていたかったな、と名残惜《なごりお》しくなる。

「バイバイ。また明日ね」

リカはピックを持ったままの右手を小さく振った。

自転車をこぐ僕の背中に、リカのギターが聴こえる。小さな歌声は少しでも離れれば聴こえなくなってしまう。

そういえば、「だれかを守りたい、だれかを救いたい」という歌詞について訊いてみるのを忘れた。明日訊いてみればいい。「また明日」と交《か》わした約束を思うと心が弾み、自転車がふわりと宙に浮き上がったような感じがした。


次の日、僕は駅からリカのいた場所までの道のりを急いだ。強すぎる太陽の光に容赦なく身体を刺されながら、自転車をこぐ。「暑い」と思わず口に出してしまい、さらに暑さが増したように感じた。
　ギターの音が聴こえてくる。ジョギングをするおじさんや、犬の散歩をするお姉さんをするす
るとよけ、リカのうしろに自転車を停めた。桜の木の下にある小さな背中。長い髪が太陽の光に
透かされている。僕は春から変わらないそのうしろ姿を、昨日までとは違った気持ちで見つめ
た。昨日「リカ」という名前を知ったことで、彼女がぐっと身近な存在になったように思えた。
　リカの演奏を止めないように、そっと隣に腰を下ろす。リカは歌いながら僕に目配せをした。
彼女が今日奏でているのは、まるでおもちゃ箱をひっくり返したようなとりとめのない音楽だっ
た。ただ繰り返したり、転調したり、違うメロディーに移行したり。五分ほどそれが続き、だん
だんテンポが落ちて止まった。
「来てくれたんだね」
　リカは微笑みながら額に滲《にじ》んだ汗を拭《ぬぐ》った。
「まあ、どっちにしろ僕の帰り道だからね。この道は」
「またまた。私の歌、聴きたかったくせに」
　いたずらっぽくリカの口角が上がる。
「なんだよそれ。自信満々だな」
　なるべく呆《あき》れたように放ったその台詞は、照れ隠し以外のなにものでもなかった。
「楽しく生きるには、自信はできるだけ持つようにしたほうがいい」

「急に人生論か」と僕が言うと、リカは笑った。夏の太陽がよく似合う明るい笑い声だ。

「ところで、今の曲はどうだった？」

「うーん。僕にはよくわからない。なんか……ごちゃごちゃしてたな」

正直な感想を伝えると、リカは思いのほか喜んだ。

「ちゃんと伝わってよかったあ。この曲は、私の机の引き出しのなかをイメージして作ったんだけど」

「机、ごちゃごちゃなんだね」

「ピンポーン。曲名は『THE TOY BOX』だよ」

「高三の机のなかがおもちゃ箱かよ」

「そのくらいのほうが楽しいって」

「勉強とかするとき困るだろ」

何気なくそう言うと、リカの表情がさっと曇った。

「勉強、しないし」

リカは苦笑いを浮かべ、下を向いた。訊いてはいけないことを訊いてしまったのだろうか。

「そ、そういえばさ」僕は慌てて話題を変えた。「昨日のってなんだったの？」

「ん？　昨日のって、なに？」

うつむいていたリカが顔を上げる。その表情に曇りはなく、朗《ほが》らかな笑顔に戻っていたのではほっとした。

「昨日、『だれかを守りたい、だれかを救いたい』って歌ってたよね?」

リカは忘れていたのか一瞬考え、「ああ、あれね」と笑った。

「昨日も言ったけど、私、本当に歌詞が書けないんだよね。言葉が苦手なの。自分の想《おも》いをうまく言葉にできない。自分がなにを考えて、なにを感じているのかも正直よくわからない。でも『だれかを守りたい、だれかを救いたい』っていうのは、ただひとつはっきりしている想いっていうか、私の生きるテーマみたいなものなんだよね」

「なるほど」咄嗟《とっさ》に返す言葉が見つからず、適当な相槌《あいづち》を打った。

「小さいころ、スーパーヒーローに憧《あこが》れなかった? みんなのために戦う、ヒーロー」

数年前に処分したスーパー戦隊のフィギュアを思い出す。幼稚園の卒園アルバムに、将来の夢としてその名前を書いた記憶がある。

「憧れてた、な」

「それといっしょの気持ちだよ。いろいろとつらいことがあったとき、私はいつも音楽に救われてきたんだ。だからいつか私も音楽でだれかを守ったり助けたりして、最終的には世界を救う英雄になれたらいいなあって、そんなふうに思ってる」

「世界を救う」

僕はその言葉を繰り返した。世界を救う。高校三年生の生活にはそう出てこない台詞だ。

「そう。まあ、私なんかじゃ無理だとは思ってるけどね。それにはきっと、ちゃんとした歌詞が必要なんだろうし」リカは空に浮かんだ大きな入道雲を見上げた。「あーぁ、素敵な歌詞を書けるようになる方法ってないのかなあ」

「うーん……」僕は少し考えて、頭に浮かんだことを言った。「とりあえず本でも読んでみたら？」

なかなかの名案なのではないかと思った。普段は読書をしない兄貴も、歌詞を考えるのに行き詰まったときには図書館で本を借りてきていた記憶がある。

「本……？」

「ちょうど今持ってるから、貸すよ」

リュックから文庫本を取り出し、リカに手渡す。「はい」

「僕もさっき読み終わったばっかりなんだけど、おもしろかったよ」

二年ほど前に話題になった青春小説だ。僕たちと同じ高校生が主人公なので、読みやすいのではないかと思う。

「ああ……うん、ありがとう」

リカはそれを受け取ると、かたわらに置いたスクールバッグにしまった。


リカが本を返してきたのはその翌日だった。

空はどんよりと曇り、生ぬるく湿った風が身体にまとわりついてくるような一日だった。気温は昨日よりもだいぶ低く、季節がひとつ進もうとしているのを感じた。

いつもならギターの音が聴こえる場所まで来ても、耳に入ってくるのはささやかに川が流れる音と、遠くで吠《ほ》える犬の鳴き声だけだった。今日リカは来ていないのだろうか。雨が降りそうだから？　そう推測してみると、胸に冷たい隙間風《すきまかぜ》が吹いたような気がした。

ところがリカはいつもの場所に座っていた。ギターを抱え、厚い雲が覆う空を見つめている。自転車を停め、リカ、と声をかける。彼女は振り向き、静かに微笑んだ。なんだか儚《はかな》げな笑みだと思った。

僕が隣に座ると、リカはスクールバッグから文庫本を取り出した。

「これ、返すね」

昨日貸したばかりの本が僕の前に差し出される。

「もう読み終わったの？　早くない？」

「ううん、やっぱり私、読めなかった」

隣を見ると、リカの目から涙がこぼれたので驚いた。

「リカ、どうしたの？」

「読めないの」

リカは涙を拭いながら、今にも消え入りそうな声で言った。

「読めない……？」

僕が戸惑っていると、リカは子どものようにわんわん泣き始めた。道行く人の視線を感じる。なにか言葉をかけなくては。そう思いながらも、なにを言えばその涙を止めることができるのかわからず、途方に暮れた。空がだんだん暗くなってくる。雨が降りそうだ。

しばらくするとリカの泣き声は徐々にすすり泣きに変わり、そのまま消えた。僕は彼女が泣きやむまで、黙って見ていることしかできなかった。

「読めないの、文字が」

目を真っ赤にしたリカが独り言《ひとごと》のようにつぶやく。

「恥ずかしいから、トモに知られたくないから、隠そうとしてた。とりあえず本借りて、適当な感想でも言っとこうって思ってた。でもなんだかそれってずるい気がして。トモは私の歌をわかってくれたのに。だから、話すことにした」

僕はかたずをのんで次の言葉を待った。

リカが鼻をすすりながら、ゆっくりと話し始める。

「あのね、文字、まったく読めないってわけじゃないんだけど。私、ほんと頭悪いからさ。文章を読むのにすっごく時間がかかるんだ。あの本もトモがせっかく貸してくれたから、少しでも読みたかったんだけど……」

リカはだいぶ落ち着きを取り戻したようだったけれど、昨日までの明るい雰囲気はない。自分のなかにある言葉を少しずつ拾い集めていくような話し方だ。

「でも、無理だった。小学生のころから教科書の音読とか苦手でさ。読むの遅いし下手っぴだから、みんなにからかわれて笑われて。ひどいときにはモノマネとかされちゃったりして、ほんと最悪だったんだよ」

リカは苦笑交じりに話した。

同じような話をどこかで読んだことがある。彼女の話を聞いて、そう思った。記憶を辿《たど》ると、夏休みに図書館で読んだ映画雑誌の記事に行き着いた。

「リカ、それ、もしかしたら難読症ってやつじゃないかな」

「なんどくしょう……？」

なにそれ、とリカは怪訝《けげん》そうに首をかしげた。

「前に雑誌で読んだことがあるんだ。スティーブン・スピルバーグ監督のインタビューだったと思う」

「それ、だれ？」

「『E．T．』は知ってる？」

「ああ、宇宙人の？　それなら小さいころに見たことある」

あんまり内容は覚えてないけど、とリカは思案するような表情を浮かべた。「でも自転車で空を飛んだときの音楽がすっごくよかったのだけは覚えてる」

自転車が夜空を飛ぶ、あの有名なシーンを思い起こしてみる。月明かりに浮かぶ自転車のシルエット。映像はなんとなく思い出せたけれど、その場面でどんな音楽が流れていたかは忘れてしまっていた。

「その『E．T．』の監督が、スティーブン・スピルバーグ」

「……大物だね」

まじまじと言うリカを見て、なんだか心がなごんだ。

「そう、大物だよ。世界一の映画監督と言っても過言じゃない」

「ふうん、そうなんだ。で、その大物監督が？」

「そうそう。話したり聞いたりするのには問題がなくて、文字を読んだり書いたりすることが苦手らしいんだ、スピルバーグ監督は」

あの雑誌に載っていた記事の内容を思い返しながら話す。

「そういう症状のことを『難読症』という、って書いてあったと思う」

リカは考えこむように、川の向こう岸の木々をぼんやりと見つめていた。

「リカ、本を開くと文字がどんなふうに見えるの？」

「うーん。どんなふうにって言われると難しいけど」

僕はスマホで「難読症」と検索した。すると「ディスレクシア（難読症・失読症）」という見出しが表示された。そのページを開いてみる。

《ディスレクシアは、学習障害の一種で、知的能力および一般的な理解能力などに特に異常がないにもかかわらず、文字の読み書き学習に著《いちじる》しい困難を抱える障害である。原因は、脳機能の発達の問題と考えられている。難読症、識字障害、読み書き障害とも訳され、発達性読字障害とも呼ばれる》

長い説明文に一度目を通し、その内容をリカに伝えた。

「ディスレクシア……」

リカはその単語を一文字ずつ確かめるように発音した。僕はスマホの画面をスクロールして、続く説明文を読んだ。

「文字が歪《ゆが》んで見えたり、二重に見えたり、似ている文字の違いがわからなかったり。いろんな見え方があるらしい」

「ああ、たしかに、文字がたくさん並んでるの見ると、文字がぐわーんって歪む。でもそれ、私自身が難しい言葉とか長い文章を拒否しちゃってるだけかと思ってたな……」

そう話すリカは、過去に思いを巡らせているように見えた。読み書きが苦手なことで起きた様々な問題を、ひとつひとつ思い出しているのかもしれない。

「文字が苦手なのはたぶん、頭が悪いからとかじゃない。ちょっとした脳の特性なんだ。こういう能力が欠けているぶん、ほかのところで天才的な能力を発揮する人もいるらしい。スピルバーグ監督みたいに」

リカはそれを聞いて、昔動物園で見たミーアキャットみたいな動きで僕のほうにくるっと顔を向けた。僕の目を見てニッと笑う。

「それじゃあ私は、英雄になれる可能性が高いってことだ」

「たしかに。いつかとんでもないものを作るかもしれないな」

リカを励《はげ》ますために口にした言葉。でもそれはまぎれもない本心でもあった。

「今のうちにサインもらっといたほうがいいよ、トモ」リカの赤みの残った目が三日月の形になる。「あ、でも私、文字書くのも苦手なんだった」

リカはくすりと笑った。その表情を見て、自分の顔がほころんでいくのを感じる。僕の言葉でリカの笑顔を取り戻すことができた。うれしいやら誇らしいやらで、今すぐに芝すべりでもしたい気分だ。

「ねえ、これからトモが私のかわりに文字を読んで。私、スマホの文字もあんまり読めないから、SNSとかもやってないんだ。だからみんながどんなことを考えてるのかもよくわからなくて。そういうのを知れたら歌詞も書けるようになるんじゃないかな、とも思うし」

これまでに、こうしてだれかに頼られたことはなかったかもしれない。自然と背筋が伸び、今ならなんでもできそうな気になってくる。

「うん、わかった」

「やったあ。じゃあ明日から読みたい投稿があったら言うね」

空は厚い雨雲に覆われたままだ。今にも雨が降り出しそうだった。リカが心配だったけれど、トモは受験生なんだからもう帰らなきゃだめだよと言われ、僕は自転車にまたがった。雨が降る前に帰るように言い、リカに手を振った。

夕立の前の匂いがする。湿った空気のなか自転車を走らせていると、背中越しにリカのギターの音が聴こえてきた。コード進行しか聴こえなかったけれど、たぶんリカが奏でていたのは『E.T.』のテーマソングだったと思う。

だれもいない自宅に帰り、自室の勉強机に数学の参考書を広げた。除湿モードにセットしたエアコンはなかなか効かず、部屋が蒸し暑い。例題を解こうとしてみたけれどまったく集中できなかったので、ベッドに身体を放り投げた。雨がぽつぽつと窓を打ち始めていた。

文字が読めないの、と言って泣いたリカを思い出す。ずっとひとりで悩んできたのだろう。涙を見せることもなかったのかもしれない。今まで堪えていたものが一気に溢《あふ》れ出《だ》したみたいな、そういう泣き方だったように思う。

――なにか僕にできることはないだろうか。

僕はディスレクシアの治療法を調べてみることにした。ネット上で見つけた論文をいくつか読んでみる。きちんと病院で診断を受け、専門家による「治療的介入」が行われることが重要である。とはいえ、日本ではまだディスレクシアの認知度が低く、支援体制を整えていくことが求められている。論文にはそのようなことが書いてあった。

結局のところ、いろいろなページを読んでわかったのは、「現在のところ、医学的な治療法は確立されていない」ということだった。リカを病院に連れていったほうがいいのだろうか。いや、でもまだ知り合って数日だ。僕がとやかく言うことでもない。簡単に踏みこんでいい問題でもないだろう。でも……。

ひとしきり泣いたあと、赤い目で笑ったリカの表情は、雨上がりの夕焼け空みたいに美しかった。あの笑顔を守りたい。そんな柄《がら》でもないようなことを考えている自分に気がつき、恥ずかしくなって枕に顔を埋めた。

しばらくそのままの体勢で考えこんでいると、一階からみそ汁の匂いがしてきた。仕事から帰った母親が夕飯の支度《したく》をしているのだろう。やけにほっとする匂いに現実に引き戻され、再び机に向かった。開かれたままになっていた参考書を眺《なが》める。並んだ数字を目で追いながらも、頭のなかではリカにかけるべき言葉を必死で探していた。

翌朝になっても、もやもやとした気持ちは変わらなかった。あまりよく眠れなかった。ディスレクシアについて触れるべきか、忘れたふりをするべきか。心配したほうがいいのか、明るく励ましたほうがいいのか。一晩中ぼんやりと考えていたけれど、結局その答えは出なかった。

昨晩降り出した雨は、明け方から一気に強くなった。自室からリビングに下りると、テレビに映った天気予報が台風の接近を伝えていた。「今日は台風の影響で、各地で大雨の恐れがあります。秋雨《あきさめ》前線の停滞により長雨となるでしょう」

玄関のドアを開けると同時に、ザーッという音が聞こえてきた。大きな雨粒がアスファルトを一斉に打つ音。バケツをひっくり返したような雨、という表現があるけれど、まさにその通りの大雨だった。僕は自転車に乗らず、バスで駅に向かった。

学校に着くと、校庭が水浸しになっていた。水たまりをできるかぎりよけながら、昇降口へと足を進めた。

下駄《げた》箱の前で靴と靴下を脱ぐ。両方ともびしょ濡《ぬ》れだった。制服もひざ下あたりまで水がしみていた。濡れたスニーカーを下駄箱にしまい、裸足《はだし》のまま上履きを履く。湿った足の湿度が上履きにこもる感じがして気持ち悪い。

「あ、智也だ。おはよ」

そう声をかけてきたのは同じクラスの翔太《しょうた》だった。こんな天気でも自転車で登校したらしい翔太は、シャワーを浴びたかのように濡れていた。透明の雨合羽を着ている。

僕は上履きのかかとを踏んで潰しながら、おはよう、と挨拶《あいさつ》を返した。

「翔太、大丈夫？　ずぶ濡れじゃん」

「いや、お前のが濡れてると思うよ？　ほら」

翔太はそう言いながら雨合羽を脱いだ。雨合羽のなかはほとんど濡れていなかった。翔太が得意げにパリコレのモデルのようなポーズを決める。

「なんだよ、心配して損した」

翔太とは入学してからずっと同じクラスだ。出席番号が並んでいた僕たちは自然と仲良くなり、今では「親友」と呼べるような仲になっている。と、僕は思っている。

翔太は濡れた靴下を脱ぎ、鞄《かばん》から取り出した新しい靴下を履いた。僕たちは二階の教室へと向かう。

「マジですごい雨だな……ってお前、靴下持ってきてねえのかよ」

階段を上りながら、翔太が僕の足元を見て言う。

「それどころじゃなかったんだよ」

「寝坊でもしたか」

「まあ……そんなとこかな」

僕は寝坊なんてしたことがない。寝起きのよさだけが、僕のなかで人よりも優れている部分であると言ってもいいくらいだ。

「翔太くん、おっはよー」

階段の下から元気な声がした。振り向くと、僕が名前を知らない女子がいた。

「ああ、おはよ」翔太は振り返って、短く挨拶を返した。

「ねえねえ、今日の放課後、ちょっと勉強教えてくれない？」

元気な声の主が、小走りで翔太の背中に寄ってくる。

「今日は無理だな。予定ある」

「ふうーん、そっか。じゃまた今度ね」

彼女は僕たちを追い抜いて、階段を一段飛ばしで上っていった。朝から元気だな、と思う。

翔太は入学当初からずっとモテている。本当ならもっと浮かれた高校生活を送ってもいいはずなのに、翔太はいつも学校生活に対して冷めた態度をとっていた。「この三年間は将来の夢までの通過点でしかない」なんてことを考えているらしい。翔太の「将来の夢」は新聞記者になることで、その第一歩として都内の有名私立大学への進学を目指していた。

二年になったころ、翔太は花村《はなむら》さんという他クラスの女子と付き合い始めた。花村さんはこの学校のマドンナ的存在で、超がつくほどの美人。僕は彼女の顔と名前は知っていたけれど、性格については少しも知らなかった。もしかしたら翔太もよく知らないのかもしれない。「顔で選んだ」と言っていたから。

一方、僕は彼女なんていたこともない。中三のときに好きだな、かわいいなと思った女の子がいたけれど、野球部のキャプテンが部活を引退すると同時にあっさりその子と付き合い始めた。それは僕にとってはじめての失恋で、けっこう悲しかった。でもふたりが並んで歩いているところを見ると、彼女はあるべき場所におさまったのだな、と妙に納得している自分もいた。

僕はしばらく感傷に浸ったあと、兄貴に愚痴《ぐち》を言った。

「とりあえず、勉強に没頭しろ」

兄貴がそう言ったので、僕はそれに従い黙々と勉強をした。すると僕の成績はみるみるうちに上がり、中の中の成績だった僕が地元で二番目くらいの進学校、つまり今僕が通っているこの高校を受験することになった。もともと僕も兄貴と同じ高校に進学する予定だったけれど、あまりに成績が上がったので、志望校の変更を当時の担任に勧められたのだ。実際に僕が合格すると、両親も兄貴も、そして僕自身も驚いた。

あれから僕には好きな人もいない。僕は失恋をばねにして得た進学校での高校生活を、淡々と過ごしていた。好きな子ができたら教えろよ、と翔太に言われてはいたけれど、今までの僕にはなにも話せることがなかった。

「智也が寝坊なんて、夜中まで小説でも読んでたか？　……じゃなければ、もしや気になる女の子でもできたのか」

急に「気になる女の子」なんていう言葉を出されて慌ててしまった。たしかにリカのことは考えていたけれど、それはディスレクシアのことについて考えていただけだ……たぶん。

「遅くまで勉強してたんだよ。僕も一応受験生だし」

「はあ？　お前が遅くまで勉強なんて、ありえねえ」

僕の志望校や成績のことを、翔太はすべて知っている。

「まあ、そういうことにしといてよ」

翔太は少し考えてから、「わかったよ。にしても、雨ヤバいな」と自然に話題を変えた。僕と翔太は仲がいいけれど、お互いに詮索《せんさく》はしない。心地のよい距離感が僕たちのあいだにはある。

教室に入ると、全体の半分くらいのクラスメイトがいた。僕はホームルームが始まる十分前という、遅くも早くもない時間に教室に着けるように心がけている。雨に濡れたクラスメイトたちが室内の湿度を上げていた。とても蒸し暑い。

翔太は僕のうしろの席に鞄を置いて座ると、スマホを取り出した。

「うわ、今日、夜まで雨じゃん」と、僕に画面を向ける。「三時間天気」と書かれた下に、開かれた傘のマークがずらりと並んでいた。長雨になるでしょう、と伝えていた今朝の天気予報を思い出す。

「泉《いずみ》にいっしょに帰ろうって言われてるんだよ」

そう言いながら、翔太はまたスマホをいじり始めた。「泉」とは翔太の彼女の花村さんのことだ。

「ほら、見ろよこれ」

翔太がスマホの画面を見せてくる。ツイッターが開かれていた。

「いずみちゃん♡」のアカウントページが表示されている。アイコンは白い猫を抱いて微笑む花村さんの写真だ。今から十五分ほど前に、《今日の帰りかれぴとデート♡　雨だいじょぶかなぁ。。。》という投稿がされていた。透明のビニール傘越しに撮られた雨空の写真も添えられている。彼女の傘には小さな青い花がたくさん描かれていたので、まるで空が花柄になってしまったかのように見えた。

「ああ……、かれぴ……」僕はぷっと吹き出した。

「ほんと勘弁してほしいわ。泉はかわいいからなんでも許したくなっちゃうけど、さすがにかれぴはヤバいよな」

翔太は笑いながらその投稿に返信している。

「前から思ってたんだけど、なんであえてツイッターでやりとりすんの？　LINEで連絡とればよくない？」

翔太たちに限らず、SNS上で恋人同士や友人同士がやりとりしているのをよく見かける。わざわざだれでも見られるようなところで話さなくても、と思う。

「このほうが泉は喜ぶんだよ。俺の返信、見てみろよ」

翔太が得意げに言う。僕は自分のスマホでツイッターの画面を開いた。僕がフォローしているのは翔太とその他数人のクラスメイトだけだったので、さきほど翔太が投稿した返信がいちばん上に表示された。

《俺、今日傘持ってない》

これが翔太の返信だった。そっけないうえになんの答えにもなっていないような返信で、なぜ花村さんが喜ぶのだろう。

「なにこれ」

「天才だろ？」

「いや、全然真意がわからない」

翔太はやれやれという顔をした。

「まったく、智也はわかってないな。『俺は傘を持っていない』ということは、ひとりで帰れば雨に濡れちゃうってことだろ。だから俺は絶対に、傘を持っている泉と帰らなければならない。つまり俺の返信によって、『俺たちが今日の帰りに相合傘をする』というリア充感を全世界に発信できるのだ！」

ああほんと、俺って天才だなあ。翔太は笑いながらスマホを鞄にしまった。天才なのかどうかはわからないけれど、感心はした。翔太はいつも、相手がどうしてほしいかを考えている。そしてそれはたいていい的を射ている。僕に必要以上の詮索をしてこないのもそのためだろう。翔太のように、僕もリカの望みがわかればいいのに――。

「なるほどね」

また思考の沼にはまりそうだったので、無難《ぶなん》な返事をしてごまかした。「じゃあ翔太たちにとってはうれしい雨予報ってわけか」

「まあ、そうとも言えるな」

そんなことを話しているうちに、始業のチャイムが鳴った。

下校の時間になると雨は少し弱まっていた。翔太と花村さんは、しとしとと降る雨のなかを相合傘で帰っていった。翔太の左手には花柄のビニール傘が握られていて、花村さんのほうに傾けてさされたその傘からは、翔太の右肩が完全にはみ出して雨に濡れていた。そのままラブソングのミュージックビデオにでもなりそうなうしろ姿だと思った。

翔太たちのうしろ姿を見て、初恋の女の子と元キャプテンのことを久しぶりに思い出した。ふたりが肩を並べて歩く光景を思い出しても、今はもうまったく心が痛まない。あの女の子のことが嫌いになったわけじゃないけれど、好きなわけでもない。あれが本当に恋だったのかもわからない。そのくらいなにも感じなかった。

僕は雨のなか、傘をさして夕焼けロードを歩いて帰った。自分のなかではバス代節約のためという名目だったけれど、もしかしたらリカに会えるかもしれないという淡い期待もあった。

だれひとり歩いていない、雨の夕焼けロード。見上げた空は、今朝花村さんがツイッターにあげていた写真と同じ色をしていた。使い古されて黒ずんだ百円玉のような、鈍《にぶ》い鉛色。こんな天気の日には、一日中空の色は変わらない。

当然のことながら、リカがいつもいる場所まで足を進めても、彼女の姿はなかった。雨の日、リカはここに来ない。わかりきっていたことだったのに、ひどく落胆して肩を落とした。もしかしたら、とありえない期待をせずにはいられなかった自分に呆れてしまう。

濡れて重くなったスニーカーで、もはやよけることのできないほどに大きくなった水たまりを歩く。雨音と自分の足音だけが響いている。一歩一歩踏み出すごとに、雨に濡れた身体だけではなく、心までもが冷えていく気がした。

❦

二日間降り続いた雨がやっとやんだのは、土曜日の朝だった。ベッドから起き上がり、カーテンを開ける。窓の外には子ども部屋の壁紙のような、嘘みたいに綺麗な青空が広がっていた。

土曜日じゃ、意味がないんだよな。

リカの涙を見たあの日から、僕の頭は彼女のことでいっぱいだった。スマホの検索履歴には「ディスレクシア」の文字が並び、プレイリストはビートルズの曲で埋め尽くされている。

学校で授業を受けていても、家で本を読んでいても、気づけばリカのために僕ができることを探していた。会いたいというよりは、会わなければならないような気がしていた。会ったところでなにを話したらいいのかは、いくら考えてもわからなかったけれど。

金曜日の夜、兄貴に電話をかけた。ふと電話をかけようと思ったのは、だれかと話をしてリカのことから気をそらしたかったからだ。なにか用があるのかと訊かれ、特にないと答えると、兄貴は夏の終わりにあったTENDERのワンマンライブの話をした。バンドの一体感。満員のフロア。観客の熱量。大盛況に終わったそのライブの様子を、兄貴は熱を込めて話した。

晴れ渡った空を見て、ため息をつく。こんなにも価値のない晴天を味わったのははじめてだ。だらだらとベッドに戻り、夏掛けの薄い布団をかぶる。枕元にあった読みかけの本を手に取り、ページをめくってみた。うまく内容が頭に入ってこなかったので、読むのを諦めて目を閉じた。

しばらくすると空腹を感じ、時計を見ると午前九時を過ぎていた。ゆっくりと布団から出てキッチンに向かい、食パンを一枚焼いて食べた。冷蔵庫の麦茶をピッチャーごと持って自室に上がる。麦茶を小さなローテーブルに置き、勉強机に向かって参考書を開いた。

だれもいない家は物音ひとつしない。毎週土曜日は両親とも仕事が休みで、共通の趣味であるテニスに出かけている。これはふたりの長年の習慣で、兄貴が家にいたころから変わっていない。

一時間ほどすると、ガチャッと玄関のドアが開く音がしたので驚いた。両親はまだ帰ってこないはずだった。なにごとかと思い、部屋を出る。なるべく足音を立てないように階段を下りた。

玄関をのぞくと、意外な人物が立っていた。

「ただいま」

「なんだよ兄貴かよ」

四年ぶりに兄貴が帰ってきた。あのころと変わらない、人を安心させるような笑顔。なつかしいその顔を見て、僕は自分でも意外なほどほっとしていた。突然の再会に思わず頰《ほお》がゆるむ。

「なんだよとはなんだ、久々なのに」

「急に来なくてもいいだろ」

「急に会いたくなったんだよ、お前に」

そう言いながら兄貴はブーツの紐《ひも》を解いている。四年ぶりに生で聞く兄貴の声は、以前と変わらずいい声だった。低くて角のない、聴いている人の心を包みこむような声。兄貴はその声で、語りかけるように歌う。その歌い方は、TENDERが作り上げるメッセージ性の強い曲によく合っていた。

「気持ち悪いこと言うなよ」

そうは言ったものの、僕は救われていた。リカのことばかり考えていたところに、四年ぶりの再会というとんでもなくイレギュラーな出来事が起きた。これはきっと、偶然ではない。

リビングで話すか僕の部屋で話すか迷って、結局僕の部屋を選んだ。そのほうが、兄貴が家にいたころと同じように話せるような気がした。

麦茶のピッチャーが水滴まみれになってローテーブルを濡らしている。僕たちはそのテーブルをはさんで床に腰を下ろした。氷を入れたコップにぬるくなった麦茶をつぐ。

兄貴は部屋を見回し、「お、飾ってあるじゃん」と自分が置いていったギターを指さした。「ちゃんと練習してるか？」

「いや、全然。コードをいくつか押さえられるくらい」

「なんだよー。この俺のお気に入りのギターだぞ？　断腸の思いでお前にやったのに」

「いやいや新しいの買っていらなくなっただけでしょ」

「え、そうだった？」

兄貴がとぼけるので、テキトーなこと言うなって、と僕は笑った。

会わないあいだに兄貴はだいぶ痩《や》せたようだ。以前よりも顎《あご》のラインがとがっている。

「で、なにがあった」

「なにがって？」

「お前あきらかに魂抜けてただろ、昨日」

兄貴はいつも僕のことを見透かしてくる。学校でガキ大将にいじめられたときも、好きな女の子に彼氏ができたときも。昔から兄貴はさりげなく僕を元気づけてくれていた。

「さあ、お兄ちゃんに話してみなさい。ほれほれ」

僕は兄貴に一部始終を話すことにした。春に突然現れた、ギターを持って歌う女の子。夏休みが明けた日、彼女に話しかけた。彼女はリカという名前で、驚くほどいいメロディーを作る。先日、「ディスレクシア」の話をした。文字が苦手だという彼女の助けになりたいけれど、どうしたらいいかわからず悩んでいる。降り続いた雨のせいで会えない日が続き、もどかしい――。

兄貴は昔よりももっと真剣に僕の話を聞いてくれた。僕もあのころよりはうまく話せるようになったと思う。兄貴はもう大人になっていたし、僕も大人に近づいていた。

「なるほどなあ」

僕が話し終えると、兄貴が安心したようにため息をついた。

「なんだよそんなことか。お前が元気ないから、てっきりおやじとか母さんになにかあったのかと思って心配しちまったよ。いいか？　智也、よく聞けよ」

兄貴は僕の目をまっすぐに見た。痩せたせいか、歳《とし》を重ねたせいか、以前よりも目力が増している。

「それは、恋だ」

「はあ？　なに恥ずかしいこと言ってんだよ」

ふざけているのかと思ったけれど、兄貴の顔は真面目そのものだった。

「いや、恋心全開でリカちゃんのことを愛おしそうに話してるお前のほうがよっぽど恥ずかしかったわ」

兄貴が落ちていた雑誌を丸めて僕の頭を叩《たた》いてくる。

「急になにすんだよ」

兄貴の顔を見ることができない。わかりやすく目が泳いでしまわないように、自分の膝《ひざ》のあたりに目をやった。

「お前はその、リカちゃんのことが好きなんだ。それは間違いない」

「勝手に決めないでよ」

動揺をごまかすために、コップに残っていた麦茶を一気に飲んだ。兄貴は丸めた雑誌をぱらぱらとめくり、すぐに閉じて床に置いた。

「まあ、ディス……なんとかのことは、とりあえず気にすんな。智也はリカちゃんが好きだ。その事実だけでじゅうぶんなんだ。いいか？　余計なことは考えるな。恋にディスなんとかは関係ないからな」

「ディスレクシア、ね」

「そうそう、それだ」

「しかも、恋じゃないって」

否定してはみたものの、やはりなんだか決まりが悪い。僕はさきほど兄貴が床に戻した雑誌を手に取った。表紙が少し丸まっている。

「文字が苦手だからってなんだっつうの。たいしたことじゃねえよ」

「いや、たいしたことだよ。だってリカは泣いてたし、いろいろと苦労してる感じだったし……リカになにをしてあげられるか、いまいちよくわからないんだ」

兄貴なら、僕が数日間頭を悩ませ続けたことに対する答えをくれるような気がした。兄貴はローテーブルに手を置き、人差し指をトントンと動かしている。

「そばにいるだけで大丈夫だ」

少しの間のあと、兄貴はそう言った。心の奥底まで届くような、低い声で。

「え？　それだけ？」

「……恋ってそんなもんだろ？」

兄貴があまりにもキメ顔でそう言うので、僕は吹き出した。

「だから恋じゃないってば。しかもなんだよそのクサい台詞」

「クサいもなにも、この世の真理なんだからよく覚えておけよな。恋をしたなら、そばにいるだけでいいんだ」

「はいはい、わかったよ」

リカに感じているこの感情は、「恋」。

中三のときにあの子に感じていたあの感情——好きだな、かわいいな、とうきうきと思う気持ちが「恋」だと思っていた。でもリカに対する気持ちはあのときとは全然違う。彼女のためにできることはないだろうか。僕は数日間ただそれだけをひたすら考え、心を砕《くだ》いている。こんな気持ちを「恋」と呼ぶのだろうか。だとしたら、「恋」とはなかなかつらいものなのかもしれない。

ちゃんと勉強しろよ、と言い残し、兄貴は東京に帰っていった。夕方を待たずにそそくさと家を出たのは、両親に会いたくなかったからだろう。

あのあと、兄貴のバンドの話を聞いた。『ここから』が深夜番組の主題歌にも抜擢《ばってき》され、兄貴たちは順調に前進しているように見えた。でもＴＥＮＤＥＲのメンバーはだれひとりとしてバイトをやめていない。兄貴も変わらず引っ越しのバイトを続けているという。兄貴は「まさに『ここから』だ」と言っていたけれど、その言葉はなんとなく自分に言い聞かせているように聞こえた。少しずつ忙しくなるバンド活動。それでいてたいして変わらない収入。空いている時間にバイトのシフトを詰めこんで、生活費を稼いでいるのだそうだ。そんななかで、わざわざ電車に乗って僕に会いに来てくれた。僕は兄貴の思いやりを改めて実感した。

翌日の日曜日、僕の頭のなかでは「恋」というなんともあかぬけない形をした漢字が漂い続けていた。なにをしていても気が散ってしかたない。受験勉強は相変わらずはかどらなかったけれど、もやもやとした気持ちは少しだけ晴れていた。

そばにいるだけでいい。

兄貴の声で再生されたその言葉に、僕はどれだけ勇気づけられたかわからない。兄貴は昔から変わらない僕のヒーローだ。

待ちに待った月曜日。土曜日から晴天が続いている。降り続いた雨が新しい季節を連れてきたのだろう。教室の窓の外には、気持ちよく澄み切った秋晴れの空が広がっていた。

今日はきっとリカに会える。会わずに過ごしたのはたったの三日間だけだったのに、驚くほど長く感じた。休日が早く終わることを望む日がくるなんて、思ってもみなかった。

リカに会ったらなにを話そう。

そのことばかりを考えているうちに、一日の授業が終わった。帰りのホームルームが受験関係の話で長引き、いつもの電車に乗り遅れそうだった。僕は走って駅に向かい、電車に駆けこんだ。汗で濡れたワイシャツが車内の冷房に冷やされる。普段なら不快に思うであろうその感覚も、今日の僕にとっては心地よく感じられた。

改札を出て空を見上げると、薄い橙《だいだい》色に染まった雲が浮かんでいた。駐輪場に向かう足取りが自然と速くなる。本当は全力で駆け出したい気分だった。でもそれはなんだかダサいような気がして、ありもしない心の余裕を見せつけるようにゆっくり歩いた。だれが見ているというわけでもなかったけれど。

自転車のペダルをこぎながら、耳を澄ませた。もう蟬の声は聞こえない、先週よりも静かになった夕焼けロード。ギターの音がかすかに聴こえてきたのを合図に、僕は自転車を降りた。足を進めるごとに、ギターの音がだんだんとはっきり聴こえてくる。リカがそこにいる。その事実だけで、目に映る景色が一気に鮮やかになったように思えた。

リカのうしろに立つと鼻歌が聴こえた。聴いたことのないメロディーを口ずさんでいる。マイナーコードで進行していくその曲は、どこか切なくて虚《むな》しいような曲調だ。気怠《けだる》げなギターにいつもよりも甘い声がのっている。僕は「恋」という言葉もディスレクシアのことも忘れて、その声に聴き入っていた。

リカの歌声が止まり、ギターの余韻が響く。その余韻が消えるのを待って、リカの隣に腰を下ろした。

「あっ、トモ。いつからいた?」

「今の曲、ずっと聴いてた」

「そうだったの?　声かけてくれればよかったのに」

甘く虚しい雰囲気はすっかり消え去り、無邪気なリカに戻っていた。

「リカがあんな声も出せるなんて、びっくりした」

リカは、なんか照れるなあ、と笑った。

「たしかに、私もあんなメロディーが作れて自分でも驚いてる。先週、ずっと雨だったでしょ?実は金曜日、雨だったけどここに来てみたんだ。もしかしたらトモがいるかなあ、なんて思って」

いるわけないのにね、とリカは三日月形に細めた目を伏せた。僕がもやもやと闘っていた金曜日、リカはここにいたのか。降りしきる雨のなか、ここにひとり立ち尽くしているリカを想像する。今すぐ金曜日に戻って、彼女を迎えに行きたいと思った。

「トモがいないこの場所があまりにも空っぽな感じで。で、さっきの曲ができた」

「そう、だったんだ」

リカがいない、雨音だけが響いていた夕焼けロードの光景を思い出す。リカが現れるまでは、その静けさを意識したことすらなかったのに。あの日、僕はリカのいない景色をこの上なく寂しいと感じてしまっていた。そしてリカが今歌っていた曲は、あのときの寂しさをそっくりそのまま表しているように思えた。だとすると、僕たちはお互いがいない川原で同じ気持ちになっていたのではないか……と考えるのは、ちょっと思い上がりすぎだろうか？

「曲作りには寂しさとか虚しさとかさ、そういう感情も必要なんだろうなって思ったよ。これからいろんな気持ちを集めていきたいって思った」

リカが顔を上げて僕に笑いかける。その瞬間、僕は思わず息をのんだ。彼女の目があまりにもまっすぐで希望に満ちていたからだ。明るい未来をひたむきに信じ、そこに向かっていこうとする意志を感じる。将来リカは本当に大きなことを成し遂げるかもしれないな、という予感がした。

「そうそう、そこでね、トモに協力してほしいことがある」

「なに？」

リカがポンッと手を叩く。

「私、ふたり乗りをしてみたい」

そう言って、リカは僕の自転車を指さした。

「ふたり乗り？　なんでまた」

「名づけて、『歌詞を書けるようになろう大作戦』だよ。トモのうしろに乗せてもらったらどういう気持ちになるのか、知りたいんだ」

「まあ……いいけど」

ゆるんだ表情をリカに見られないように、慌てて下を向き、唇《くちびる》を噛《か》んだ。好きな女の子が自分の自転車のうしろに乗るだなんて、浮かれてしまわないほうがおかしい……ああ、今うっかり「好きな女の子」と思ってしまった。「恋」という文字が頭のなかでぐるぐると回る。

「やったー。じゃあさっそく、行こう」

リカはあっという間にギターをケースにしまい、跳ねるように立ち上がった。思えばリカはいつもあぐらをかいて座っていたので、立った姿を見たのははじめてだった。思っていたよりも背が低い。背中に背負われたギターケースがとても大きく見えた。

リカのスクールバッグと自分のリュックをカゴに入れて、僕は自転車にまたがった。リカのスクールバッグには女の子のキャラクターのマスコットがついている。見覚えがあるのに、なんのキャラクターかは思い出せない。

僕の自転車の荷台は今まで一度も使われたことがなかった。その存在に感謝したのは今日がはじめてだ。リカが荷台に乗ると、少し自転車が沈む感覚があった。なんだか身を委《ゆだ》ねられたようで、心臓のリズムが速くなる。

「ちゃんとつかまっててよ」

「ちょっと待って。どこにつかまればいいの？」

リカは荷台に乗ったはいいものの、バランスをとれずに焦っている。

「リカのつかまりやすいとこでいいよ」

「オッケー」

リカはそう言うと、僕の腰のあたりを両手でぎゅっとつかんできた。心臓の音が聞こえていたらどうしよう。たぶん顔や耳も赤くなってしまっている。僕は前を向いたまま、少し伸びてきた髪で耳を隠した。

「これでいい？」

リカが僕の顔をのぞきこもうとしているのを感じたので、いいよ、じゃあ行くよ、と早口に言い、急いで自転車のペダルを踏んだ。

僕たちを乗せた自転車がふらふらと走り出す。バランスをとるのが難しい。いつもより強い力を足にこめると自転車のスピードが増し、まっすぐ走れるようになった。走っているうちに不安げだったリカもだんだん慣れてきたようで、僕の腰をつかむ力もだいぶ自然な感じになった。やわらかい橙色の光に包まれて、僕たちは夕焼け空の下を走り抜ける。

「わあ、気持ちいい」背中越しにリカのはしゃいだ声が聞こえる。

僕は毎日この道を自転車で走っていたはずなのに、うしろにリカが乗っているだけで違った景色に見えるのはなぜだろう。いつもよりも重いペダルを踏みしめながら、オレンジ色の空を見上げた。この道から見える夕焼けはいつだって綺麗だけれど、今日はいっそう美しく見える。すがすがしく乾いた秋の風もいちだんと心地よい。永遠にこのときが続けばいい。今どき少女漫画にも出てこなそうなフレーズを心のなかでつぶやいた。

「最高に気持ちいいね、トモ」

名前を呼ばれて我に返る。あてもなくこいでいたけれど、ところで僕たちはどこに向かっているんだろう？

走っているうちに川原の道は行き止まりになり、別の道路に合流した。少し先がゆるやかな下り坂になっている。

坂を下る前に、スピードを落としてリカに確認した。

「このまま進んじゃっていいの？」

「うん。このまま、世界の果てまで！」

「えっと……」

リカのあまりに無邪気な発言に戸惑い、僕はペダルをこぐ足をさらにゆるめた。その様子を見て、リカがくすっと笑う。

「冗談だよ。こっちでいいの。私の家、あそこの青い屋根の家だから」そう言われて前を見ると、坂を下った先に青い屋根の一軒家があった。「あの家に、四月に引っ越してきたの」

かなり古そうな家だ。周りの家が新しく生まれ変わっていくなかで、その家だけが昭和に取り残されてしまったような感じだ。

「自転車、降りようか」リカがそう言ったので、僕たちは自転車を降りた。

「去年の冬、ついに両親が離婚したんだよね」

並んで歩きながら、リカが淡々と話し始める。

「ついに？」

「そう。私の父親、本当にひどい人でさ。『ひどい父親』がしそうなことはだいたいやってます、みたいな人なんだ。お酒とかギャンブルとか……まあそういうことを、いろいろと。だからどんどんお金もなくなって、お母さんは大変そうだった。早く別れればいいのにって、私はずっと思ってた」

リカの口調はまるで他人の話をしているかのように落ち着いていた。

「私のお母さん、音楽が好きで、昔はよくギターで弾き語りをしてくれてたんだ。ビートルズの曲ばっかりだったけど。でもだんだん生活に余裕がなくなると、お母さんは音楽を聴かなくなって、ギターも弾かなくなった」

それが中学に上がるころだったかな、とリカは当時を思い出すように空を見上げた。僕もつられて顔を上げると、飛行機が橙色の空に細い雲を残していた。

「そのころからお母さんはトラックの運転手の仕事を始めて、家を空けることが多くなったの。父親はほとんど家に帰ってこなくなってたし、私はいつもひとりで家にいるようになった。友だちもいなかったしね」

部屋でひとり座りこんでいる中学生のリカを想像して、胸が痛んだ。でもそのときのリカの気持ちが僕にわかるわけはない。わかったような口を利くのも同情するのも違う気がして、僕は黙っていた。

「あ、ごめん。喋《しゃべ》りすぎてるね、私」

リカがまっすぐに切りそろえられた前髪を触りながら苦笑する。

「いや、そんなことないよ。リカのこと、もっと知りたい」

言ってしまって少し恥ずかしくなったけれど、リカは気にも留めていないようで、

「本当に？　じゃあ、もう少し話してもいい？」と微笑んだ。僕は、うん、とうなずく。

「あのころから私には音楽しかなかったんだよね。家には本当になにもなかった。テレビですら父親が売り飛ばしちゃったし。残ったのはお母さんが大事にしまいこんでたCDプレーヤーとギターだけだった。私は毎日ひとりでビートルズのCDを聴きながら、ギターを弾いてた。昔お母さんが弾き語りしてくれたのを真似《まね》してね」

そう話すリカの口調には、一切悲哀のようなものはなかった。リカは続ける。

「それで、そのうち自分でメロディーを作ったりするようになったんだ。今考えてみると、あのころから私はずっと、自分っていう存在を守るためにギターを弾いてたんだと思う」

「いつも音楽に救われてきたっていうのはそういうことだったのか」

「うん、そう」

リカははにかむように笑い、長い髪を耳にかけながら僕を見る。

「でもね、トモに自分の音楽を聴いてもらって気がついたことがあるの」

「なに？」

「だれかのために歌えるって、こんなに幸せなことなんだって」

リカが屈託のない笑顔を僕に向けてくる。まるで小さな女の子みたいに純真な笑顔だ。この無邪気さは……なんていうか、ちょっと反則だ。僕はさりげなく視線をそらし、自分のスニーカーのつま先を見つめた。

「それに気がついてから、歌でだれかを救いたいっていう気持ちがもっと強くなったんだ。私なんかには無理だって思ってたけど、今は本当に英雄になれるような気がしてる」

リカの表情が気になりちらりと目をやると、彼女は晴れ晴れとした笑みを浮かべていた。

「なーんてね。私、トモに歌を聴いてもらって、その曲いいねって言ってもらえて、こんなことまで思っちゃったんだよね。おおげさかもしれないけどさ……」

リカはニッと笑い、夕焼け空に向かって、

「私はいつか、世界を救う！」

と大きな声で言った。言ったあとで、「あ、ちょっと声大きすぎたかな」と慌て始めた。その姿が可笑《おか》しくて、僕は笑った。

「リカなら本当に世界を救いそうだ」僕は本心からそう言った。

「ありがとう。でも私、まずは隣にいる人の心を動かしてみたいって思ってるんだよね」

リカが立ち止まり、僕のほうに身体ごと向き直る。

「だから、明日も明後日も聴いててよね、トモ」と、僕の目をまっすぐ見て笑った。

「ああ、うん……」

自分に向けられた宝物のような言葉にどぎまぎしながら、僕は気のない返事をした。

「じゃ、私、家ここだから」

僕は少し考えて、「また明日」と言った。「うん、また明日」とリカも小さく手を振った。

リカが家に入るのを見届けて、自転車に乗る。ペダルの軽さが切なかった。そういえば、リカのバッグについていたキャラクターの名前はなんだっただろうか。家に着くまで一向に思い出せなかったので、明日リカに訊いてみようと思った。僕たちには、以前よりも確かになった明日がある。


〜


「小さいころ、漫画を読んでもらったことがあってね。ルーシーが、チャーリー・ブラウンに、『自分が決して英雄になれないだろうってわかってるのってどんな気持ち?』って訊くの。その言葉が忘れられなくてさ。子どものころの私は、『そんなことない、私は英雄になるぞ、見てろよルーシー!』って思ったんだよね。私に言っているわけでもないのに。そのときからずっと、いつかは英雄になりたいなって思ってる。私が英雄になっていくのをルーシーに見ててほしくて、いつもいっしょにいるんだよ」

リカのバッグについていたマスコットは、「ルーシー」というキャラクターだった。『PEANUTS』に出てくる女の子だ。『PEANUTS』といえばスヌーピーなのに、リカはルーシーを敬愛していた。彼女はちょっとイジワルで乱暴な女の子で、そういうところが人間らしくて好きなのだという。川原に座って歌ったあと、リカはそんな話をした。

僕の受験勉強にひびかないようにと、リカは「三十分ルール」というものを作った。川原に並んで座っていていいのは三十分だけ。僕はその三十分間でリカの歌をたくさん聴いた。ふたりでいろいろな話もしたし、ときには黙って空を眺めたりもした。

そうして僕は少しずつリカのことを知っていった。

リカが放課後にしか川原に来ていない理由もわかった。彼女は土曜日と長期休暇の昼間、駅前のミュージックカフェでアルバイトをしていたのだ。

「できるだけお母さんを助けたいから、ほんとはもっと働きたいんだけど。平日は時間が遅くなるからだめってお母さんに言われてるんだよね。日曜日はお店が定休日だし」

「そうだったんだ。じゃあ日曜日はなにしてるの？」

「家でギター弾いてるよ。日曜日はお母さん、仕事でいないから。平日の夕方はお母さんが寝てるから家ではギター弾けなくて……だから、ここに来てる」

川原で三十分間過ごしたあと、リカの家までいっしょに帰る。これが僕たちの平日の日課になった。自転車を押しながら肩を並べてリカの家へ向かうあいだにも、僕たちはたくさんの言葉を交わした。いつも話し足りなくて、僕たちの足取りはリカの家に近づくにつれてだんだん遅くなった。

十月も半《なか》ばを過ぎ、しつこく居座っていた夏の名残がようやく消えた。僕はブレザーを着ていたし、リカは冬物のセーラー服の上にカーディガンを着ていることもあった。

「学校に馴染《なじ》めないの」

しばらく思いつくままにギターを弾いていたリカが、突然そう話し出した日があった。

「前にも少し話したけど、私、文字読めないでしょ」

ディスレクシアの話はあれから一度もしていなかった。兄貴が「そばにいるだけでいい」と言ったからというのもあったし、僕なりにリカの気持ちを考え、触れないことにしていた。

「あ、うん」

突然ディスレクシアの話が出たことに慌て、間の抜けた返事をしてしまう。

「それで、やっぱり困ることもあるから、学校の子たちにちゃんと説明することにしたんだよね。文字が読めないのには理由があるんだ、っていうことを」

リカの話し方は淡々としていた。

「……はじめてちゃんと聞いたな、リカの学校の話」

リカがため息をつくように短く笑う。

「話すことないからね。今の学校でも前の学校でも、友だちと呼べるような人はいないし。文字が読めなかったりすると、みんなについていけなくなるんだよ。思ったよりも、困る」

「そうだよな……」

自分がもしリカのような境遇だったら、と想像してみたけれど、あまりうまくいかなかった。

「せっかく転校してきたし、新しい学校では楽しく過ごしたいなと思って、文字が苦手なのは特殊な障害みたいなものかもしれないんだってことをみんなに話したんだよね。でも、全然伝わらなかった。それってただ勉強できないだけだよね、ちょっとおおげさじゃない？　って」

他人事のように話していたリカが少し眉《まゆ》をひそめた。おそらく、そのときの気持ちを思い出している。

「そんなふうに言われて、なんだか私はその子たちに同情しちゃってさ。人の気持ちを想像できないなんて、ちょっとかわいそうだなって思った。そういう人たちに言うのにぴったりな言葉を私はたまたま知ってたからさ、その子たちに言ってやったんだ」

リカはルーシーのマスコットを僕に向けてきた。

「『自分が決して英雄になれないだろうってわかってるのってどんな気持ち？』って」

リカがいたずらっ子のように口角を上げる。

「それで、状況はもっと悪化したわけだ」僕は苦笑しながら言う。

「あたり。見事に私はひとりぼっち。だれも話しかけてこなくなった」

それは……しかたないのかもしれないな、と思う。みんなの「普通」を外れること、同調しないこと、だれかれ構わず本音を言うこと。この三つは危険な行為であると、学校生活を通して学んだ。僕はこれらのことを絶対にしないように過ごしてきたけれど、リカはすべてやっている。でも僕は、彼女が間違っているとは思わない。むしろ自分を貫《つらぬ》くその姿勢をかっこいいと思った。

「……寂しくない？」

僕はふと思ったことを訊いてみた。平然と話すリカの様子には少し違和感があったからだ。リカはうつむいて考えていた。「うーん……」

「全然寂しくない！」

ぱっと前を向いたリカは、溌剌《はつらつ》とそう言った。その瞳《ひとみ》は夕日に染まったうろこ雲を映している。でもすぐに彼女の視線は僕のほうに向けられた。

「と言ったら、嘘になるかな。できることなら私もいい友だちを作って、楽しい高校生活を送りたかったよ。トモみたいに」

僕はよくリカに翔太の話をした。リカが僕の学校での話を聞きたがったからだ。

「僕も翔太しか友だちいないけどね」

「ひとりでもいれば、じゅうぶんだよ。だって私、トモと会ってから寂しくなくなったもん。トモと友だちになれて本当によかった」

リカはたぶん喜ぶべきことを言ってくれている。でもなにかが引っかかる。なんだろう。

「トモ、私と出逢《であ》ってくれて本当にありがとう」

その言葉で僕の気持ちは余計にこんがらがってしまった。うれしい、はずなのに。

「なんだよ、急に改まって……」

言葉を濁《にご》しながら自分の気持ちをほどこうとしていると、僕のスマホから、ピピピピ……と電子音が鳴った。三十分ルールを守るためにかけているスマホのアラームだ。

「あ、もう三十分か」

リカが言う。ちょっとだけ残念そうに聞こえたのは気のせいだろうか。

「じゃ、行くか」

僕はそう言いながら立ち上がり、自転車のスタンドを外した。今日はできるだけゆっくり歩いて帰りたいと思った。

歩きながら、花村さんのツイッターで翔太が「かれぴ」を通り越して「かれぴっぴ」と呼ばれていることを話した。リカは「なにそれ、かわいい」と言い、「かれぴっぴ」という言葉をおもしろそうに何度も口にしては笑った。その様子を見て、僕も自然と声をあげて笑っていた。

とても楽しい帰り道だ。こんなにもたわいないことで笑い合えるこの時間を、心から大切に思った。リカの家がもっと遠ければよかったのに。そんなことを思いながらも、やはり胸の奥にはずっと引っかかっているものがあった。リカが言った、本来ならば喜ぶべき言葉。「友だちになれて本当によかった」というその言葉は、「友だち」という部分にスポットライトを浴びながら、僕の心にぽつんと横たわっていた。

〜

「そろそろ最後の思い出作りだなあ」

翔太がそうつぶやいたのは、「自習」と黒板に大きく書かれた五時間目のことだった。十一月に入ると、一斉に授業を受けさせるのではなく、自習の時間が多くなった。それはそれぞれの志望校によって試験対策の内容が違ったからで、受験を控えた僕たちに効率よく時間を使わせようという学校側の賢明な判断だった。

先生がずっと監視しているわけでもなく、クラスメイトたちは自由に席を移動して、お互いに問題を出し合ったり、わからないところを教え合ったりしていた。

僕は机の下で文庫本を読んでいた。うしろの席に座る翔太はなにやら問題集をやっているようだったけれど、自習の時間が後半に入ると突然僕に話しかけてきたのだった。

「最後の思い出ってなに?」僕はすぐに振り返った。

「泉とさ、最後の思い出。もう少ししたら本当に受験直前って感じでさすがに俺もデートとかしてる場合じゃなくなるし」

「制服デートしておきたい、とかそういうこと?」言いながら読んでいた文庫本を閉じ、机のなかにしまう。

「いや、違う。本当に最後の思い出」

翔太がなにを言っているのかわからず、少し考えた。

「え? まさか、花村さんと別れるってこと?」

「まあな」

「なんで? 好きじゃなくなった?」

「そういうわけじゃないけど。泉、北海道《ほっかいどう》の大学目指してるし」

初耳だ。花村さんは翔太と同じように東京の私大に行き、華やかな大学生活を送るものだと思っていた。

「へえ、そうなんだ。なんか意外」

「だよな。あいつ、実は俺より成績いいからな」

「え、嘘だろ」

花村さんに成績優秀というイメージはなかった。大きな目と長いまつげ。色素のうすい髪を高くに結ったポニーテール。どこにいても目を引く彼女には、教科書よりもおしゃれなファッション雑誌のほうがよく似合う気がした。しかも自分の恋人のことを「かれぴっぴ」なんて呼んでいるし。

「どうやら、獣医になりたいらしい」

翔太が言う。意外なことだらけだ。泥まみれになりながら牛や馬に注射をしたり、暴《あば》れる犬を必死で押さえている花村さんを想像することができない。

「だから、今のままの関係でいるのは無理だと思うんだよ。俺は泉に余計な心配をかけて、あいつの夢を邪魔したくないんだ。下手に遠距離恋愛なんてして、泉に寂しい思いをさせたくもない」

その言葉からは、翔太の花村さんに対する想いが痛いほどに伝わってきた。彼女のことを「顔で選んだ」と言っていたのは、おそらく嘘だったのだろうと思った。

「お互い忙しくなるだろうし、それだけ距離が離れてちゃ、まったく会えなくなるからな」

翔太は自分自身に言い聞かせるように言う。「泉も俺のことなんか忘れるよ」

さっぱりと語る翔太がなんだか少し痛々しい。こんな翔太を見たのははじめてだった。

「そんなことないだろ。そんなに想ってるんだったら……」

「現実は小説やドラマみたいにはいかないからな。高校卒業してからの遠距離恋愛なんて、どう考えても現実的じゃない」

「……もう、花村さんとは話し合ってあるの？」

「まあな。どうせ終わるなら、受験に集中できるようにってことで。今月いっぱいで別れることになってる」

今月いっぱい。なんだか「契約が切れる」みたいな言い方だ。翔太は恋の終わりをできるだけ味気ないものにすることによって、自分を保っているのかもしれない。

「へえ……そうなんだ。それで、最後の思い出か」感傷的にならないように気をつけながら言う。

「そうそう。今度の日曜、動物園にでも行こうと思ってる」

動物園。ふたりがはじめてデートをした場所だ。レッサーパンダの前で告白して、付き合うことになったんだ。翔太がそう言ってきたのは二年生になったばかりのころだった。あれ以来、翔太はレッサーパンダのことを「恋のキューピッド」と呼び、あがめるようになっていた。翔太の鞄には、そのときに買ったというレッサーパンダのキーホルダーが今でもぶら下がっている。

「まあ、俺たちのキューピッドにお礼でもしてくるよ」翔太は寂し気に笑う。「きみのおかげで楽しい思い出がたくさんできました、ってな」

帰りの電車に揺られながら、僕は考えていた。

余程の問題が起きなければ、僕は地元の大学に進学するだろう。進学後も、これまでと変わらない駅から電車に乗ることになる。夕焼けロードを自転車で通ることは卒業しても変わらない。じゃあ、リカは？　リカは卒業したら、どうするんだろう。

電車を降りると、ひんやりとした空気が身体を包んだ。車内の暖房であたたまった身体が一気に冷える。冬の訪れを肌で感じながら、足早に駐輪場へ向かった。

自転車のハンドルを握る手が冷たい。明日から手袋をしてきたほうがいいかもしれないな、と思った。夕焼けロードにさしかかり、自転車を降りる。今日は通行人がだれもいない。冬の水辺は気温が低いので、この道を通る人は少ない。しんと静まり返った冬の夕焼けロード。それは一昨年も去年もいっしょだった。でも今年は、その静けさにリカの音が乗っている。

リカのうしろに立つと、鼻歌が聴こえた。相変わらず歌詞はない。でもひとつだけ以前と変わったことがあった。リカはスマホをそばに置いて、曲を録音している。これは二週間前に僕が提案したことだった。リカの作るメロディーはどれも素敵だったけれど、彼女はそれを同じように再現することができなかった。リカはギターを母親の見様見真似で習得していたので、コード進行をメモすることもできない。何度も同じように繰り返すことができたのは、「いちばんのお気に入り」だというあの曲だけだった。一度きりの刹那《せつな》を楽しむというのも魅力的ではあったけれど、それにとどめてしまうのはあまりにもったいない気がした。

録音のしかたは僕が教えた。リカのそれまでのスマホの用途は、「母親との電話」と「写真を撮ること」のふたつだけだった。彼女のスマホにはＳＮＳなどの流行《はや》りのアプリはひとつも入っていない。リカは録音のしかたを覚えると、「スマホの使い道が増えたよ」と言って喜び、家に帰ったあともたくさんの曲を録《と》りためていた。

録音を始めてからたったの二週間で、スマホに記録された曲はすでに二十曲を超えていた。歌詞はなく、ギターとリカの鼻歌だけが録音されている。楽しく弾んだ曲。穏《おだ》やかに流れるような曲。いろいろな雰囲気の曲があったけれど、どれも一度聴いたら覚えてしまうような、すっと耳に馴染む曲ばかりだった。録音された曲を聴くといつも、僕は今とんでもなくすごいものを聴いているんじゃないだろうか、という気になった。それはリカが「英雄」になることへの期待でもあったし、僕たちの時間が終わることに対しての恐れでもあった。僕がリカの今後のことを訊ねないのはきっと、彼女がここに来なくなる未来を突き付けられるのが怖かったからだ。

リカの右隣に腰を下ろす。スマホを取り出し、三十分後にアラームをかけた。リカは歌に集中しているのか、僕に気づいていない。「曲作り」を始めてから、リカは自分の歌に対してより真剣になったように思う。夢中でギターを弾くリカの隣で、僕は黙って彼女の奏でる音に耳を傾けていた。

曲が終わり、透明な空気にギターの余韻が響く。風はなく、桜の木々も息をひそめてその音を聴いているかのようだ。太陽がやわらかな夕明かりを落とし、静かに流れる川はそれを反射して煌《きら》めく。そんな美しい暮れ合いの川辺に、リカがギターを抱えて座っている――。

彼女が今、僕の隣にいる。この事実は、たくさんの偶然が作り上げた完璧《かんぺき》なバランスの上にのみ成り立っているような気がした。少しでもなにかが変われればすぐに崩れてしまいそうだ。僕はふいに押し寄せた不安に飲みこまれそうになった。

「あ、トモ。ごめん気づかなかった」

いつものように、ニッとリカが僕に笑いかける。僕は心にかかったもやを振り払い、「今の曲、よかったよ」と笑顔を作った。

「ほんとに⁉」

リカは、僕が曲を褒めるといつも喜んでくれた。あんまりおおげさに喜ぶので、そのたびに僕は少し恥ずかしくなった。心からうれしそうにはしゃぐリカの笑顔は、僕の月並な言葉にはなんだか不釣り合いに思えた。

「これはもう録音してあるの？」

「ううん、これはまだ。あ、でも昨日の夜でき上がったのがある。二十三曲目だよ」

「二十三曲？　どうやったらそんなに早く曲作れるんだ」

「うーん。なんかさ、降ってくるって感じ？　メロディーがどんどん空から降ってくる。天才かなあ、私」

わざとらしく得意げな表情を作るリカを見て、僕は笑いながら言った。

「だろうね。リカは、間違いなく天才」

「やったねー。私、てんさーい！」

リカはおどけるように言うけれど、僕は本気でそう思っている。はじめてリカと話をしたあの日からずっと。

リカは昨日でき上がったという曲をスマホで聴かせてくれた。

「この曲、聴いたことある」

「覚えててくれたんだ」

「雨上がりの月曜日に歌ってた曲だよね」

「そうそう、トモがいないここの景色が寂しくてできた曲」

雨があがり、久しぶりに――といってもたったの四日ぶりに――リカに会った日。ほんの二ヵ月前のあの日を、なぜだかとてもなつかしく思い出した。リカといっしょに同じ日を振り返ることができる。それこそが僕たちが同じ時を過ごしてきた証《あかし》なのかもしれないと、しみじみと思った。

曲を聴き終え、僕が「すごくいい」と言うと、リカはいつも通り喜んでくれた。

「もっとちゃんとリカの曲の魅力を言葉にできたらいいんだけどな」うれしそうなリカの笑顔を見ながら言う。「いつもありきたりな感想ばっかでごめん」

「え、なんで謝るの?」リカは目を丸くしている。「私は今、隣にいる人の心を動かすためだけに歌ってるんだよ? その人が『いい』って言ってくれるなら、それでじゅうぶんだよ」

トモが謝るなんて意味わかんない、とリカがニッと笑う。その言葉と笑顔に心を奪われ、軽いめまいすら感じた。さすがにもう「恋」という言葉を受け入れざるを得ない。速くなる鼓動に気がつかないふりをしながら、できるだけ涼しい顔を保つように努《つと》めた。

「本当に、幸せだなあ」リカが夕日を見ながら言う。「こういう時間がずっと続けばいいのにな」

独り言のようにつぶやかれたその言葉に心を躍らせながら、その一方で少し切なくもなった。

今日翔太が言っていた、「最後の思い出」という言葉を思い出したからだ。

この時間がずっと続けばいい。僕だってそう思うけれど。今の僕たちはこの川原でのみつながっている。リカがここに来なくなれば、それでもうこの時間は終わりだ。曖昧《あいまい》な僕たちの今日は、いつだって最後の思い出になり得てしまう。確かになったと思っていた明日は、依然として不確かなままだったのだ。

このままで、いいんだろうか――。

「トモ……?」

自問自答している僕の顔をリカがのぞきこんできた。「どうかした?」

「いや」僕は慌ててごまかす。「ちょっと考えごとしてただけ」

「なに考えてたの?」

「いや、その……」続ける言葉を咄嗟に考えた。

「夕日が沈むのって、なんか寂しいなって。一日の終わりって感じで」

なにそれー、とリカが可笑しそうに言う。「ずいぶんセンチメンタルだね」

「夕日が沈まなければこの時間ってずっと続くよな、と思って」

「たしかにそうだね。また昇っちゃえばいいのに、太陽」

リカはそう言うと、ビートルズの『Here Comes The Sun』を弾き始めた。聴きなれた晴れやかなイントロが終わり、リカが歌い始める。ヒア・カムズ・ザ・サン。太陽が昇る。

空はもう暮れかけている。「黄昏《たそがれ》」という言葉がよく似合う空だ。沈みかけの太陽を見つめながら、太陽が昇る、と歌うリカの声に耳を傾ける。沈む夕日がまた昇るなんてことはないし、終わらない一日などない。始まった時間はどのような形であれ、いつか必ず終わるのだ。

僕たちはまだなにも始まってはいない。「友だち」という穏やかで、それでいて曖昧で不確かな関係。もし僕がリカに本当の気持ちを伝えたらどうなるだろう。明日は確かになるのだろうか。それともそれで、すべて終わってしまうのだろうか。

そんなことを考えているうちに、三十分の終わりを告げるアラームがなった。


リカのいちばんのお気に入りだというあの曲をふたりで口ずさみながら、リカの家まで歩いた。家の前でリカに手を振り、自転車に乗って帰路につく。

自宅に着くと手の感覚がなかった。洗面所でお湯を出し、手をあたためる。じーんとして、痛いような気持ちいいような変な感じだ。

だれもいない家は暗くて寒い。平日は両親とも仕事に出ているので、いつもそうだ。でもなんだか今日は特別心細く感じて、僕は兄貴に電話をかけることにした。

ベッドに倒れこみ、スマホを耳に当てる。数秒待つと、兄貴が電話に出た。

「まだ見ぬ景色を見に行こう」

もしもし、でも、智也か？　でもなく、兄貴の第一声はそれだった。

「え？　なに？」いきなりそんなことを言われても、と思う。

「このあいだレコーディングした曲のタイトル。かっこいいだろ」

「なんだ、タイトルか。急に旅行にでも誘ってきたのかと思った」

兄貴は、そんなわけねえだろ、と笑っている。まだ見ぬ景色を見に行こう。TENDERの曲らしい熱いタイトルだ。

「そういえば『ここから』の配信、今日からだからな」兄貴が誇らしげに言う。「智也もダウンロードするよな、当然」

「気が向いたらね」

「次に電話したときまでにダウンロードしてなかったら」

「ら?」

「ただじゃおかねえ」

兄貴が小学生みたいなことを言うので笑ってしまう。

「はいはい、あとでやっとくよ」

「なんだよ、智也はつれないな。けっこうすごいことなんだぞ、曲が配信されるっていうのは……ってまあとりあえずそれはいいや。で、用はなんだ?」

「うん……」

電話をかけたはいいものの、なにを話すか決めていなかった。口ごもる僕の様子が電話越しに伝わったのか、

「ちょうど俺も電話しようと思ってたとこだったんだよ。先に俺の話、聞いてくれよ」と兄貴が言った。特に話すことのなかった僕は、助かったな、と思う。

「うん、いいよ」僕が返事をすると、兄貴が「サンキュー」と言って話し始めた。

「結論から言うぞ。TENDERは来月解散する」

……は？

思考回路が完全に止まる。予想だにしていなかった言葉だった。

「嘘だろ？」

「嘘だったらいいと、俺も思う」

聴く人の心を包みこむような、いつもと変わらない兄貴の声。その声からは、はっきりとした感情を読みとることができない。

「新しい曲も作ったのに、なんで？　今いちばんいいときじゃないの？　『ここから』だ、って言ってたじゃん」

「そう。まさにそうなんだよ。『ここから』だった。でももう過去形だ。『まだ見ぬ景色を見に行こう』はお蔵入りだよ。幻の新曲だ」

「……なにがあった？」

「まあ簡単に言うと、痴情のもつれってやつだな。みぃとアユム、付き合ってただろ？　それ知ってるよな？」

「みぃ」という人は、兄貴たちが東京に行ってから加入した女性メンバーだ。僕は一度も彼女と話したことがない。パートはピアノだ。みぃさんはドラムのアユムさんと付き合っていた。アユムさんのことは僕も知っている。兄貴の親友で、兄貴がいちばんにTENDERに誘った人。力強いドラムのパフォーマンスとは裏腹に、穏やかでやさしい雰囲気がある。

「うん、知ってるよ」

「で、みぃが妊娠したんだ」

「え」妊娠、という単語に少し動揺した。「じゃあアユムさん、お父さんになるのか」

家庭を持ち新しい人間を育てていくというのは、バンド活動の片手間ではできないことなのだろうと思う。アユムさんの男気と無念さを同時に思い、胃のあたりがぎゅっとなった。

ところが問題はそこではなかった。

「アユムじゃないんだ、父親」

「は？」

「アユムじゃなくて、ケンなんだよ」

ケンさんは東京で新しく入ったベーシストだ。身長と女性人気が高い。

「……みぃさんが二股してたってこと？」

「そういうことだ。それで、みぃとケンは責任とってバンドやめるって言うし、アユムはこれでもかってくらい病んでるし。もう俺とニコしかまともに機能できる人間がいなくなって、ニコと話し合った結果、解散するしかねえなって」

ニコさんの本当の名前は久仁子《くにこ》さんだ。アユムさんの幼馴染《おさななじみ》で、上京前からTENDERにいた初期メンバー。ショートカットを揺らしながらギターをバリバリと弾く久仁子さんは本当に魅力的で、前にTENDERのライブに行ったときは、兄貴そっちのけで彼女ばかり見ていた。

「それは……つらい」

「そうだな。ほんと、それに尽きるよな。でもしかたねぇよ。応援してくれてた人とか世話になった人には申し訳ないけどな。これから各所に挨拶回りだ」

「久仁子さんと？」

「いや、俺ひとり。TENDERは俺が始めたことだからな。終わらせるのも、俺だ」

僕の兄貴はかっこいい。いつも。

「兄貴、これからどうすんの？」

「そうだなあ。とりあえず音楽には関わっていたいよなって、ニコと話してはいる」

「じゃあ久仁子さんとデュオとかすれば？」

兄貴と久仁子さんがギターを弾きながら歌っている姿を想像する。絵になるふたりだと思った。

「そんな簡単にいかねぇよ。TENDERだって、ここまでくるのに何年かかったと思う？　結成から八年だぞ？　何年も日の目を見ずに、夢と気力だけでやってるような奴らがごまんといるんだ。そんななかにニコを巻きこんでまた飛びこむなんてこと、もう俺にはできない」

兄貴は、現実を知っている。

「そっか。そんな簡単じゃない、か。僕、兄貴の声好きだし、久仁子さんは本当にかっこいいと思うし、兄貴の作った曲も好きだから……」

音楽を続けてほしい。そう続けることは許されないと思い、僕は言葉を飲みこんだ。

「失って、はじめて気づく、ファンごころ。智也、心の俳句」

兄貴が川柳みたいに言って、笑う。

「まあ、俺たちは五人そろってはじめてTENDERだからな。ひとりでも欠けちまったらできねえよ。だからもういいんだ。〝まだ見ぬ景色〟は見に行けなくなったけどな。TENDERにはいい夢見せてもらったよ」

「兄貴……」

こんなときに気の利いた言葉ひとつもかけられない自分にがっかりしてしまう。

僕が黙っていると、兄貴はいつもの声で続けた。

「TENDERは終わるけど、これまで歌ってきた曲とか、ライブの空気感とか、そういうものは残ると思うんだよ。だれかのなかに。もちろん、俺や、ニコや、智也のなかにも。それこそこうやって配信された曲とかもな。ちゃんと実体がある形で残るものも生み出せたんだ。上出来だろ。だから、こんな形で、こんなにいいところで終わらなきゃなんなくなっちまったけど、俺はTENDERを始めたことはまったく後悔してないんだ。みぃとケンを入れたことも。今のTENDERがなかったら、五人で作り上げてきたものはなにもなかったんだ。曲も、交わした言葉も、みんなで見た夢も、味わってきたいろんな感情も……なにもかも」

兄貴は自分自身と話しているような感じだった。僕は黙って兄貴の旋律のない歌のようなものを聴いていた。

「始めるってことはいつかは終わるってことだよな。でも最初から終わりを考えてちゃ、だめなんだ。それじゃあ見えるもんも見えないからな。第一歩を踏み出したからこそ見える景色が山ほどある」

いつのまにか、頼りがいのある僕のヒーローが電話越しに泣いていた。僕は気づかないふりをした。弟に涙を見せるのは、兄貴にとって本意ではないだろうと思ったから。

「TENDERのこと、忘れない。曲もダウンロードする、今すぐに」

「おう。じゃないと、ただじゃおかねえからな」

兄貴の空元気に僕のほうまで泣きそうになってしまう。ヒーローのこんな姿、切なすぎる。勘弁してくれ。そう思いながらも、やっぱり兄貴はかっこいいな、と思った。これだから僕は兄貴のことが心の底から好きなのだろう。今までも、これからも。

「まあ、そういうことだ。母さんたちにはまだ言わないでくれよな」

「わかった」

「で、智也。お前はどうしたんだ？」

こんなことを聞いてからできる話があるなら、それはどんな話なのかむしろ教えてほしい。

「いや、僕のほうはなんでもないよ」

「なんでもないことねえだろ。さっきの様子はなんでもありそうだったぞ」

「本当に、なんでもない。なんでもなくなった」

兄貴は、こんな重い話を先にしてごめんな、と言ってきた。でも実際のところ僕の話が「なんでもなくなった」のは、兄貴の話が重すぎたからではない。

始めるときから終わりを考えている自分に気がついたからだ。

〜

翌朝の空気はひどく冷えこんでいた。僕は冬物のコートを着て、自転車に乗らずに家を出た。母親がなぜ自転車で行かないのかと訊いてきたので、寒すぎて自転車に乗るのがきついから、と適当な理由をつけた。向こうもたいして興味はなかったようで、ふうん、いってらっしゃい、気をつけてね、といつもと同じことを言った。

僕の家から駅までは、歩くとなかなか距離がある。寒さから逃げるように早足で歩くと、十五分ほどで駅に着いた。電車に乗りこむころにはすっかり身体があたたまっていた。それに加えて暖房の効いた車内は暑い。コートを脱ぎたくなったけれど、面倒だったので我慢した。

学校に着くと、翔太はまだ来ていなかった。始業時間が近づいてもなかなか来ない。翔太が遅刻してくる日は、花村さんと登校していることが多い。ツイッターを開いてみる。「いずみちゃん♡」が、《今日は寒いから、かれぴっぴと登校ー♡》とつぶやいていたので、やっぱりな、と思う。終わりが迫っているなんて微塵《みじん》も感じさせない花村さんのツイートを見て、やるせない気持ちになった。最後までふたりの時間を思いきり楽しもうとしているのだろう。

僕の予想通り、翔太はギリギリアウトな時間に来て、でも遅刻扱いにはされていなかった。この時期には先生側が少し寛大になっている。受験生に対する配慮だろうとは思うけれど、変わらず同じ電車に乗ってきている僕はなんだか不公平に感じる。

学校ではいつもと変わらない平坦《へいたん》な時間が過ぎていった。地に足がつかないまま一日を過ごし、下校するころにはすでに日が傾き始めていた。

帰りの電車に揺られながら、窓の外を眺める。線路沿いの商店街や工場街。僕の浮足立つ気持ちをよそに、いつも通りの景色がさらさらと流れていく。気を紛《まぎ》らわせるために、車窓から見える踏切《ふみきり》の数を数えた。

電車が駅に到着し、深いため息をつくような音とともにドアが開く。改札を出ると、いつもの癖《くせ》で駐輪場に向かおうとしてしまった。でも今日、自転車はない。コートのポケットに手をつっこみ、できるだけ早足でリカのいる場所に向かった。


オレンジがかった空の下に、リカの小さな背中がある。リカのギターの音だけが響く、静かな川辺。人通りはない。僕はリカのうしろに立ち、彼女の奏でる音を、目を閉じて聴いた。

もしかしたら、今日が最後になるかもしれない。今日で僕たちの関係は壊れてしまって、リカはここに来るのをやめるかもしれない。それならば、せめてこの音を全身で記憶したい。

リカが一曲を終えるまで、僕はそこに立っていた。曲が終わると気配を感じたのか、リカが振り向いた。

「あ、トモ」黙って立っている僕を、リカが不思議そうに見ている。「座らないの?」

リカは右手で芝をぽんぽんと叩いた。

「ああ、うん……」

僕はリカの隣に座った。リカの顔を見ることができず、冬枯れの桜並木に目をやる。

「トモ、大丈夫？　なにかあった？」

「いや、なんでもない」

そう言いながら、いつものようにアラームを三十分後にセットした。最後の三十分になるかもしれない。そう思うと、少し指が震えた。

「あの曲を弾いてほしい」

僕は昨夜から考えていたことを言った。もし今日が最後になってしまうのならば、絶対にあの曲を聴きたい。

「あの曲って、私の曲たくさんあるからわからないよ。私、天才作曲家だから」

リカが冗談めかして言う。今日の僕には彼女のやさしい気遣《きづか》いに笑い返す余裕がない。

「はじめて僕のために弾いてくれた、あの曲」

僕の言葉を聞き、心配そうな顔をしていたリカが笑顔を作った。

「ああ、私のお気に入りの曲ね」

オッケー、いくよ。リカは明るく言い、あの曲を弾き始めた。アコースティックギターの音にリカの澄んだ声が重なる。僕はできるだけ冷静にリカの鼻歌に耳を傾けた。もうすっかり覚えてしまったメロディー。その一音一音を胸に刻みつけるように、大切に聴いた。

曲が終わりに近づくにつれ、名残惜しい気持ちがこみあげてきた。この曲が終われば、僕は新しい一歩を踏み出す。向かう先が始まりなのか終わりなのかわからず、曲が終わってしまうのが少し怖い。リカがメロディーを歌い終え、最後のコードが鳴る。ギターの余韻が完全に消えるのを待ってから、僕は言った。

「リカ、ありがとう」

僕がその言葉とともに立ち上がると、リカはギターをケースにしまい始めた。僕たちの頭上では、空が綺麗なオレンジ色に染まっている。

「トモ、大丈夫？　私でよければ話聞くけど……」

ギターをしまい終えたリカが立ち上がり、背伸びをして僕の顔をのぞきこんでくる。僕は彼女のほうを見ずに、用意してきた言葉を口にした。

「僕、リカのことが好きだ」

小さく絞り出した声が震える。時が止まり、夕日もギリギリのところで沈むのをやめた……いや、実際にそんなことは起こらないけれど、そんな気がした。

「……え？」

好きだと一度声に出してしまえば、気持ちが少し軽くなった。曖昧な関係にすがることはもうあきらめた。空からリカへと視線を移す。リカは目を丸くして僕の顔を見ていた。

「リカのことが好きだ。だから」

今度ははっきりと声に出した。聞かなかったことにしてくれ、なんていう言い訳はもうできない。

「友だちなんかじゃ、嫌なんだ」

リカは信じられないものを見たような、あっけにとられた顔をしている。

「前に、僕と友だちになれてよかったって言ってくれただろ？　僕もリカに出逢えてよかったと思う。でも、僕はただの友だちなんかじゃ嫌なんだ。だから……」

次に続く台詞はなんだ？　考える間もなく、その言葉は僕の口をついて出てきた。

「僕と付き合ってください」

こんな台詞、フィクションにしか登場しないと思っていた。まさか僕自身が口にしようだなんて、思ってもみなかった。

「え……？」リカは表情を動かさないまま、小さな声を出した。

「あ、いや、でもさ。トモ、私と付き合ったら後悔するよ？　ちょっと……いったん落ち着いて考えよ？」

リカは慌《あわ》ただしい口調で続ける。落ち着いていないのはリカのほうじゃないか、と思う。

「ほら、私、文字読めないし、学校で浮いてるし、友だちいないし……。普通じゃないから――」

「どこにでも見受けるようなものであること。ありふれていること」

僕はリカの言葉を遮《さえぎ》る。

「え？」

「『普通』の意味。『普通』を辞書で引くと、こうやって出てくるんだ。『どこにでも見受けるようなものであること。ありふれていること。』」

「…………」

「つまらなそうだろ？　普通って。僕は今まで『どこにでも見受けられて、ありふれている』時間をずっと過ごしてきたんだ。しかもそれを望んでた。でもリカと出逢ってから、僕の時間は特別なものになった。リカのおかげで、僕の時間は普通じゃなくなったんだよ。ほかのどこにもない、特別なものになったんだ」

兄貴が「それは恋だ」と言い切った、僕のなかにずっとあった気持ち。伝え始めてしまえば思ったよりも冷静に伝えることができた。伝えながら、僕は自分の気持ちをより確かに認識していった。

「だから、リカじゃないとだめなんだ。絶対に」ひとことずつ大切に伝える。「リカは僕にとって特別なんだよ」

リカは無言で僕の顔を見ている。この先に待っているのは始まりか、それとも終わりか。考えると胸がつぶれそうになった。不安から逃れるように、ポケットからスマホを取り出してみる。画面を見ると、三十分後にかけたアラームがあと数分で鳴るところだったので解除した。

「あの」

リカの声がオレンジ色の沈黙を破る。僕の顔を横からのぞきこみ、かしこまった感じで話しかけてきた。心臓が爆発しそうだ。リカの目を見ることができず、前髪で隠れた額のあたりに視線を向けた。

「あの……こんな私でよければ……、お願いします」リカが小さな声で言う。

「それって……」張りつめていた心の糸がふっとゆるむ。

「私もトモのことが……好き、です」

「えっ？　ほんとに？」

「ほんとだよ」

リカはそう言って、はにかむように笑った。その表情に心のすべてを奪われてしまう。

今まで見てきたリカの笑顔が、スライドショーのように次々と頭に浮かんだ。そのどれもが僕は大好きだったけれど、写真のようにはっきりと思い出せないことが悔《くや》しかった。どんなに大切な記憶でも、時が経てば少しずつ薄れていく。けれど、今この瞬間のリカの笑顔だけは一生忘れることはないだろう。信じがたいほどの幸せを噛みしめながら、僕はそう確信した。

「まだ見ぬ景色を見に行こう」

ＴＥＮＤＥＲの幻の新曲のタイトルを口にしてみる。

「え？　なに？」

「リカとはじめてふたり乗りした日、この道の景色がまったく違って見えたんだ。今だって……川も夕焼けも、全部がいちだんと綺麗に見えてる」

リカは真面目な顔で僕の言葉を聞いている。

「だからきっとこの先も、見たこともないような景色を見られると思うんだよね……ふたりなら」

言い終えると、急に恥ずかしさがこみあげてきた。かっこつけすぎたかもしれない。

「見たこともないような景色、かあ……」

リカは目を三日月形に細め、未来に思いを馳《は》せるように夕焼け空を見上げた。

「楽しみだね。これからの私たちにはどんな景色が待ってるんだろう」

僕に向けられたリカの笑顔は、まさに見たことのないようなまぶしさだ。

「これから、よろしくお願いします」リカが突然勢いよく頭を下げてお辞儀をする。

リカの笑顔に見入っていた僕は慌ててしまい、

「いえいえこちらこそ、よろしくお願いします」と、あたふたと頭を下げた。「ってなんでこんな他人行儀なんだ」

僕がそうつっこむように言うと、顔を上げたリカと目が合い、ふたり同時に笑い出した。

僕たちの笑い声が夕焼けに溶けていく。もうなにが可笑しいのかわからなくなっても、僕たちは笑い続けた。

「あっ、トモごめん」

ひとしきり笑い合ったあと、リカが急に謝ってきたのでなにごとかと思う。

「え、なにが？」

「三十分ルール、完全に破っちゃった。ごめん」

「そんなこと、こんな特別な日にどうだっていいに決まってる」

「いや、だめだよ。だって、私たちの日々はいつだって特別なんだから。毎日時間破ることになっちゃうよ」

毎日が、特別。使い古された言葉にも聞こえるけれど、今はその言葉の意味を実感できる。

「たしかに」

「今日はもうしかたないけど、明日からはちゃんと守るからね。じゃあ、行こう」

リカは僕の自転車が停めてあるはずの場所を見る。自転車はない。

「え、自転車は？　盗まれた？」リカが慌てる様子に僕は笑った。

「大丈夫、今日は自転車に乗ってきてないんだ」

「なーんだ、びっくりした。でもなんで？」

理由は、ある。僕はおそるおそるリカに右手を差し出した。

「手を、つなぎたかったから……」気温はかなり低いはずなのに、顔が火照る。

リカは差し出された僕の右手を見てニッと笑い、

「告白、成功する前提じゃーん」とひやかすように言った。

「いや、そういうわけじゃないけど……」

そういうわけ、だったのだろうか？　たしかに告白が失敗して今日が終わりの日になっていたら、僕はどういう気持ちで帰り道を歩いたのだろう。想像するだけで虚しくなる。

「はいっ」リカが右手を差し出してくる。

僕も右手。リカも右手。これでは握手になってしまう。

「あ、私、左手はこんなんだから」

リカは自分の顔の横あたりで左手を広げた。見ると、ギターの弦を押さえる左手の指の皮膚が、かさかさとタコのようになっていた。

「だからさ、右手がいい」

リカが僕の左側に回る。

僕は左手でリカの右手を握る。

思っていたよりも小さくて、細くて、やわらかい。

いつか英雄になるかもしれない手。

世界を救うかもしれない手。

僕が、守るべき手。

……守る？　暴れまわる怪獣もいないのに、なにから？　未来のどこかで待ち受けている、「得体の知れないなにか」からだろうか。

そんなことを考えながら、僕はつないだ自分の左手とリカの右手をコートのポケットに入れた。僕がリカのことを「なにか」から守れるかどうかはわからない。でも今この瞬間、この手を寒さから守ることはできる。

夕日はもうおおかた沈んでしまった。茜《あかね》色が紺色に侵食されていく、美しい夜の入り口。

僕たちは手をつないだまま、ゆっくりとリカの家へ足を進めた。この時間を一歩一歩記憶するように。永遠なんて存在しない。どのような形であれ、いつか終わりは来る。でも今日だけは永遠なんて言葉を頼ってみてもいいか、と思う。永遠にリカの家に着かなければいい。永遠にリカの手を握っていたい。今日始まったことは、永遠に終わらないでほしい――。

言葉は交わさなかったけれど、リカも僕と同じ気持ちであることは、同じ速さで進む足音が教えてくれていた。

僕たちは恋人同士になった。とはいえ、平日の下校時に川原で三十分間いっしょに過ごす、ただし雨の日を除く、ということは変わらなかった。今まで通りリカは歌詞のない歌を歌い、僕はそれを聴いた。変わったことといえば、僕が自転車に乗らなくなったことと、日曜日をふたりで過ごすようになったことだった。

歩いて登校するようになったのは、「リカと手をつないで帰りたいから」という、ただそれだけの理由からだった。僕はそのためだけに、朝も駅までの短くはない道のりを歩いた。歩いてみると、自転車に乗るよりも寒くないし、一歩踏み出すごとに身体が目覚めていくような感覚もあったので、徒歩もなかなかいいものだと思った。

日曜日をふたりで過ごすというのは、リカが言い出したことだった。

「日曜日はバイトがないし、お母さんも仕事でいないから、家でいっしょに過ごさない?」

リカがそう言ったとき、僕はふたつ返事で賛成した。それからは、毎週スマホに表示される「(日)」の文字を見るのが楽しみになった。

リカの家にはじめてあがったとき、あまりの狭さに驚いた。彼女の部屋に至っては人ひとりがやっと寝られるくらいのスペースしかなかったので、僕たちはいつも居間で過ごした。テレビもソファもなく、小さなちゃぶ台と、石油ストーブと、今ではほとんど目にすることのない旧型のCDプレーヤーだけが置いてある居間。古いルーシーのぬいぐるみも転がっている。くすんだ銀色のCDプレーヤーは、いつもきまってビートルズのベストアルバムを流していた。

あまりにも色のない居間だったので、二度目の日曜日、兄貴のエレキギターを持っていって飾ってみた。するとリカが「このギター、かっこいいね。ずっと飾っておきたいなあ」と言ったので、しばらくそのまま置いておくことにした。殺風景だったリカの家の居間が、ほんの少しだけ賑《にぎ》やかになった。

僕はちゃぶ台に参考書を広げて勉強した。リカはノートを床に置いて寝そべったり、ひざに置いて正座したり、いろいろな姿勢になりながら文字をゆっくりと書いていた。リカが文字を書くペースは僕よりも五倍くらい……いや、たぶんそれ以上に遅かった。

リカが書いているのは歌詞だ。リカは近ごろ歌詞を書くことにチャレンジするようになっていた。いろいろな感情を知れたから書ける気がするんだ、と言って。

書くことに疲れるとリカは僕のうしろに座り、僕が文字を書く手の動きを眺めた。そしていつもそのまま僕の背中にもたれて眠ってしまう。そんなとき、僕はできるだけ背中を動かさないようにした。背中に伝わるぬくもりには当然のごとく動揺させられたし、ときには「よからぬ考え」も浮かんだことは否定できないけれど、僕には行動に移すほどの勇気はなかった。リカの熱と重みを感じながら、ただちゃぶ台に向かい続けた。

そんな日曜日も、僕たちにとってかけがえのない特別な時間になっていった。

寒さが日に日に深まっていく。今年は暖冬です。先日ニュースで聞いたその情報が嘘だと思えるくらい、毎朝の冷えこみは厳しかった。

翔太と花村さんは別れて、「いずみちゃん♡」のツイッターはぱたりと更新されなくなった。授業は自習ばかりになり、翔太は自習の時間も僕に話しかけず真面目に勉強するようになっていた。僕は相変わらず、受験勉強に本腰を入れてはいなかった。もう少し本番が近づいたら真剣に勉強しようかな。そんなことを考えているうちに、二学期が終わった。

終業式の日、僕とリカはお互いの電話番号を交換した。今まで交換していなかったのは、単にその必要を感じていなかったからだ。

冬休みのあいだ、僕たちには会う時間がなさそうだった。

リカはミュージックカフェでのバイトがあり、僕は両親の勧めで冬期講習に通うことになっていた。どちらも終わるのは完全に日が沈んでからだったので、ふたりで会う時間はない。会えないのならば一応電話番号くらいは交換しておこう、ということになったのだった。

「寂しくてしかたなかったらかけていいよ」

番号を交換したときにリカがそう言った。そのルールだと翌日には電話をかけてしまいそうだと思ったけれど、二週間くらい大丈夫だよ、と見栄《みえ》を張った。

冬休みの初日、僕ははじめて冬期講習に参加した。予備校全体に流れる張りつめた空気と暖房の生暖かい風で、頭が痛くなった。こんなことなら家で勉強をしていたほうがずっとよかったと思った。

十九時にすべての講義が終わり、すぐさま予備校をあとにした。駅前の予備校には自転車で通った。通学に自転車を使わなくなっていたので、乗るのは久しぶりだった。日没後の帰り道は凍《こご》えるほど寒い。冷たい風に頬を切られながら夕焼けロードを走り、リカのことを想った。

家に着くと、すでにリビングがあたたかくなっていた。母がパートから帰るのはいつも十八時ごろだ。おかえり、とキッチンから母の声がする。予備校はどうだったかと訊かれたので、まあまあだったよ、と適当に答え階段を上がった。自分で発しておきながら、まあまあというのは決して肯定的な言葉ではないことを学んだ。

自分の部屋に入ると、凍《こお》っているのではないかと思うほどに床が冷たかった。暖房をつけ、スマホの画面にリカの電話番号を表示させる。指先を少し動かすだけでリカの声を聞くことができる。今すぐに。けれど、電話はしないと心に決めていた。リカの声を聞いてしまったら、余計に会いたくなってしまいそうだったから。

リカの電話番号を眺めていると、突如手に持ったスマホがぶるぶると震えだした。驚いて危うくスマホを落としそうになる。リカから電話かと思ったけれど、画面には「兄貴」という文字が表示されていた。

「もしもし」僕は電話に出る。

「智也、ダウンロードしたか?」

兄貴はいきなり訊いてくる。

「『ここから』?」「そうそう」

「したよ、だれかさんがただじゃおかねえとかガキ大将みたいなこと言うから」

「毎日聴けよな」「じゃないと?」「ただじゃおかねえ」

兄貴の声は明るい。

TENDERの解散の話を聞いてから、一ヵ月以上が経過していた。僕は兄貴のことを心配していたけれど、こちらから電話をかけたりはしなかった。それは兄貴という僕のヒーローに対する敬意からだった。

「ところで智也、元気か?」

「それは僕が兄貴に訊きたいことだよ」

だよな、と兄貴は笑った。「俺は、まあまあだ」

「まあまあというのは前向きな意味じゃないとさっき学んだばっかりなんだけど」

「なにわけわかんないこと言ってんだよ。相変わらず智也はややこしいな。元気だよ、俺は。TENDERは十二月三十一日付で解散することになった。みぃもケンももういねえしアユムもまだまだ病んでるから、解散ライブとかもできないけどな」

「……そっか」

「でももう俺は大丈夫だ。新しい仕事も決まったし」

「新しい仕事?」音楽には関わっていたい、と言っていた兄貴の言葉を思い出す。「音楽関係?」

「ああ、まあ、そんなとこだよ。詳しいことはまだ決まってないけどな。正月明けから、音楽関係の会社で働くことになってる」

バンドと引っ越しのアルバイトしかしたことのない兄貴が、「会社」で働いている姿を想像できない。

「え、兄貴が会社員?」

「会社員ってなんだよ?　どういう定義?」

「正社員としてどこかの会社に入社したら会社員なんじゃないの?」

「正社員とか、よくわかんねえな」

「大人として大丈夫なの、それ」

「大丈夫だろ、なんとかなるって」

兄貴があまりに平然と言うので、僕もその言葉に同意した。「たしかに、兄貴なら大丈夫か」

「まあ、詳しく決まったらまたちゃんと話すよ。ああ、あと」兄貴は思い出したように言葉を続けた。「TENDERの解散理由は極秘だからな。だれにも言うなよ」

「なんで?」

「言ったところでだれも得しないだろ」

「ファンの人とかになんて説明するの?」

「そりゃあ、バンドの解散理由といえばあれに決まってる」

「あれってなに?」

「音楽性の違い」兄貴はそう言って笑った。

「よく聞くやつだ」

便利な言葉だよな、と兄貴は言う。「で、智也は元気なのか?」

「僕は……」

リカと付き合い出したことを話した。翔太は花村さんとのことがあったし、翔太以外に自分の話をするような友人はいなかったので、だれかに話すのははじめてだった。

最後まで聞いて兄貴は、そうか、大切にしろよ、とだけ言った。

「年末年始も帰ってこないの?」

「帰れねえな。引っ越しとか、バンドの清算とか、やることが山のようにあるんだ。落ち着いたらまたこっちから電話するよ」

「そっか。わかった」

受験がんばれよ、と言われたので、受験が終わるころまで電話はかかってこないのだろうと予想できて、少し寂しい気もした。電話を切ってから、両親に兄貴のことを訊かれたらなんと言おうか考えた。忙しい毎日を送っているみたいだ、とでも言っておこうと思った。


クリスマスイブの日。大きなクリスマスツリーも、ロマンチックなクリスマスソングも、試験本番を一ヵ月後に控えた受験生には関係ない。サンタクロースの恰好をした女性が寒そうに肩をすくめてポケットティッシュを配り、その横をリカの高校の制服を着たカップルが手をつないで歩いていく。そんな光景を、僕は予備校の窓から眺めた。僕もリカと過ごしたかったな、と思う。でもしかたない。リカもバイトだし。そんなふうに自分を納得させながら机に向かい、念仏のような講義を聞いた。

予備校を出ると、駅前に飾られたツリーにカラフルな電飾が光っていた。せっかくのクリスマスだからケーキくらい買ってみようかと思い立ち、目の前のコンビニで最も安いショートケーキを買った。それを自転車のカゴに入れ、夕焼けロードに向かう。

駅前の明るさとはうってかわって、夜の川辺は暗い。点々と佇《たたず》む街灯が弱い光を落としているだけだ。人工的な灯りがほとんどないので、空には星がたくさん見える。僕は駅前のイルミネーションよりも、こっちのほうが断然好きだ。

星空を眺めながら自転車を走らせていると、リカのギターの音が聴こえた気がした。こんなにも凍《い》てついた夜にリカがいるわけもなく、とうとう幻聴までも聴こえるようになったか、と自分に呆れた。けれど進めば進むほど、その音は確かなものになっていく。僕は自転車を思いっきりこいだ。僕たちふたりの場所まで。

ぼんやりとした街灯の光に小さな背中が照らされている。

「リカ！」

息を切らしながら声を張り上げる。吐《は》く息が白い。リカが音を止めて振り向く。

「え、嘘。本当に会えた」

リカの顔がほころぶ。寒さで頬が赤くなっている。

「こんな時間になにやってるんだよ。寒いし、暗いし、危ないだろ」

僕の心配をよそに、リカは照れたように笑う。

「どうしても会いたくて、ここにいれば会えるかも、なんて思って、待ち伏せしちゃった」

「だったら、電話しろって」

表情がだらしなく崩れてしまいそうなのをなんとか抑える。リカは最初、なにを言っているのかわからない、というような顔をしていたけれど、数秒考えて電話番号を交換したことを思い出したみたいだった。「あ、そうか……」

「そういうときのために番号交換したんだから」

僕は自転車を停め、枯れた芝生の上に腰を下ろした。そういえばそうだったねえ、とリカが笑う。

「でも会えたんだし、結果オーライでしょ」

「そういう問題じゃないって。こんな暗いなかにひとりじゃ危ないよ」

「ひとりじゃないよ」

そう言って、リカは冷えた芝生に置かれた僕の左手をぎゅっと握ってきた。僕はなにも言えなくなる。

「そんなことより」リカはニッと笑う。「今日は、重大発表がありまーす」

「え、なに？」

「なんと、私、歌詞が書けました」

拍手ー！　とリカが言うので手を叩こうと思ったけれど、左手が握られていてできなかった。

「ほんとに⁉　どんなの？」

「それを今から歌おうと思います」

リカは僕の手を握っていた右手にピックを持ち直す。

「これは私から『はじめてのお客さん』だけに贈るクリスマスプレゼント」

「えっ……」

リカの鼻歌に歌詞がつく。しかも僕へのクリスマスプレゼントだなんて言っている。僕の胸は高鳴った。リカはどんな言葉を歌うのだろう。

「それでは聴いてください。曲名は、『みぎがわ』」

リカはライブをするアーティストみたいに曲紹介をして一呼吸置くと、ギターを弾き始めた。

リカが歌い始めたのは、ギターに乗せたリカの語りから始まる曲だった。はじめて聴く曲だと思い耳を傾けていたけれど、語りとメロディーの掛け合いが続いたあとで、聴きなれたメロディーに移行した。それはリカが「いちばんのお気に入り」と言った、あの曲だった。何度も聴いたあのメロディーに、今日は歌詞がついている。

『みぎがわ』と題されたその曲は、僕たちが出逢ってから今日までのことを歌っていた。

思えば、僕たちの並び方はいつでも決まっていた。リカが左、僕が右。川原に座っているときも、手をつないで歩くときも。はじめてリカに声をかけたあの日からずっと、僕はリカの右側にいるのだ。

この場所ではじめて言葉を交わした日のこと。ふたり乗りしたときの気持ち。夕焼けの下でリカに伝えた言葉。その歌には秘密の宝物のような歌詞がちりばめられていた。『みぎがわ』は、僕たちだけの曲だった。リカの紡いだ言葉は、リカの生み出したメロディーに乗って、美しく光り輝いていた。

リカが歌い終えると、僕の目から涙がこぼれた。上を向いてこらえようとしたけれど、無理だった。

「えっ？　トモ、泣いてる⁉」

「泣いてないよ」

「えー？　なんで泣いてるの？」リカがからかうように言う。

「いや……リカの曲が、よすぎて。泣いてないけどね」

僕はコートの袖《そで》で顔をごしごしとこする。

「トモ、ありがと」

「それは僕の台詞でしょ」

「違う、私だよ。だってトモのおかげで歌詞書けたんだもん。トモといっしょに過ごせて、うれしいとか寂しいとか好きだとか会いたいとか、いろんな感情を知れたから、そういう気持ちを言葉にできるようになったんだよ。トモがいなかったら、私はなにひとつ言葉にできないままだったと思う」

あの日勇気を出して想いを告げたからこそ、『みぎがわ』というこの曲に出会うことができた。新しい一歩を踏み出して本当によかった。僕は心からそう思った。

「私、これからたくさん歌詞を書くよ。聴いてよね、全部」

――これから。

これから、僕たちはどうなるのだろう。

「あ、そうそう。これからの話だけど」

僕がなんとなく避けてきた話題について、リカはあっさりと話し始めた。

「高校を卒業したら、今のバイト先で本格的に働くことになったよ」

今のバイト先ということは、駅前のミュージックカフェだ。

「音楽をやっていきたいけど、それでどうやって生活していけばいいとか、わからないからさ。本格的に働き始めればたまに歌わせてもらえるみたいだし、やりながら音楽との向き合い方を考えようと思ってるんだ。トモも近くの大学に進学するんだし、私もこの街を離れないから、ずっといっしょにいられるよ」

「それは……うれしい。うれしすぎる」

僕は言葉を飾る余裕もなく、素直な気持ちを口に出した。

「でしょ？　私もうれしい。トモの受験が終わってさ、晴れて大学生になったら、思う存分いっしょにいられるよね。三十分ルールとかもういらないもんね」

際限なくリカといっしょに過ごせる時間のことを想い、幸せな気持ちになった。

「なにがなんでも大学合格しなきゃだな」

「そうだよ。トモ、がんばってよね」

「大丈夫、余裕だよ」

実際模試ではいつもA判定が出ていたし、問題はないだろう。でも絶対に合格しなければならない理由ができた以上、もう少し気を入れて勉強しようと思った。

「じゃあ、もう帰ろう。受験生さん」

リカはギターをケースにしまい、それを背負う。彼女はいつもの制服姿ではなく、赤いダウンに黒い細身のパンツをはいていた。スクールバッグも持っていない。いつもと違う雰囲気のリカにどきどきした。

「ほら、急いで帰ろう。乗せて」リカが僕の自転車に目を向ける。

自転車のカゴのなかを見て、ケーキを買ったことを思い出した。そういえばさっきコンビニで買ったんだった、と言うと、リカはうれしそうに笑った。僕たちはそのケーキを分けあって食べた。おいしい！　とはしゃぐ、リカの弾《はじ》けるような笑顔。最高のクリスマスイブだ。

ケーキを食べ終えると、僕たちは久しぶりにふたり乗りをした。うしろに感じるリカの重みが愛おしい。まだまだいっしょにいたかった。『みぎがわ』のことを話したかった。でも、今じゃなくたっていい。僕たちには時間を気にせずに好きなだけいっしょに過ごせる未来がある。僕はそんな未来に向かって、力いっぱい自転車のペダルをこいだ。

家に帰っても、僕は幸福で満たされていた。『みぎがわ』が頭のなかで無限ループしている。

「私は今、隣にいる人の心を動かすためだけに歌ってるんだよ」

この言葉を聞いたとき、危うく呼吸を忘れてしまいそうなほどにうれしかった。そして、僕だけのために『みぎがわ』を歌ってくれたときも――。

しばらく幸せな気持ちに浸っていたけれど、僕はふと胸に刺さっている小さな棘《とげ》のような思いに気がついた。『みぎがわ』の脳内ループがぷつりと切れる。

あの声は、あの歌は、ずっと僕だけのものにしておくにはあまりにも「よすぎる」のではないだろうか。いつもありきたりな言葉でしかリカの曲のよさを表現できない僕だけのものにしておいていいのだろうか……。

「私はいつか、世界を救う！」

リカが夕焼け空に向かい、大きな声で言った言葉を思い出す。

ああ。僕はわかっている。

リカの歌はもっと広い世界で聴かれるべきなんだ。

いや、でも。

『みぎがわ』は僕がもらったプレゼントだ。ほかのだれかに渡す必要なんてない。僕とリカだけのものだ。僕たちは今、幸せだ。それでいいじゃないか。

……本当に、それでいいのかな。

僕はベッドの上であおむけになって天井を見つめた。ついさっき勉強をがんばろうと思ったばかりなのに、今日もまたきっと手につかない。

＊

年が明けた。三が日のあいだ、予備校は休校だった。両親も仕事が休みだったので、久しぶりに家族で――といっても兄貴はいないのだけれど――正月を過ごした。とはいえ僕はずっと自室にこもっていたので、いっしょに過ごしたのは食事時くらいなものだった。

三日の夜、僕は翌日から始まる予備校の居心地の悪い空間を思い出し、憂鬱《ゆううつ》な気分になっていた。

「行きたくないなあ」

そう独り言を口にしながらベッドに身体を投げ、スマホで「TENDER」と検索する。TENDERが解散して以降、ネットに溢れる彼らに関する書きこみを読むのが僕の日課になっていた。

解散直後、ネット上にはTENDERの解散を惜しむ声が並んでいた。ライブに行っておけばよかった。もっと新曲を聴きたかった。そういう声に、僕も一ファンとして共感した。

しかし解散から二日が経った昨日、状況はがらりと変わった。ネットの掲示板に「【衝撃】突如解散したTENDERの情事」というスレッドが立てられていたのだ。そこにはアユムさんとみぃさんとケンさんの関係についての一部始終が書かれていた。嘘の話や事実を何百倍にも脚色した情報がほとんどなのだと思う。けれど、いかにも野次馬が飛びつきそうな内容ではあった。なにも知らない人たちによる、価値のない言葉の羅列。最低だ。画面をスクロールしてさらに書きこみを読んでいく。すると「情事」の当事者だけではない、兄貴と久仁子さんについてもおかしな情報が書かれていた。あのふたりもデキている、とか、それよりもっとひどいことも。目を背けたくなるような雑言がどんどん書きこまれていく。こんなこと、絶対にありえないのに。ここに書きこみをしている人たちは、いったいTENDERの解散理由は極秘だったはずだ。

いや待てよ。TENDERの解散理由は極秘だったはずだ。だとしたら、だれかが情報を流しているんじゃないか……？

そう思い、僕は兄貴に電話をかけた。

「智也、どうした？」

「兄貴、掲示板見た？」

「掲示板ってなんだよ」「あ、見てない？」「見てない」

兄貴があの気持ちの悪い暴言の数々を見ていないことにほっとした。

「TENDERの解散理由は極秘だって言ってたよね？」

「おう」

「だれか、情報漏らしてる奴がいるよ。ネットの掲示板に書かれてた」

兄貴は少しの沈黙のあと、ふうん、とだけ言った。

「え、いいの？」

「ああ、もうしょうがねえよ。出まわっちまったもんはもう戻せない。ネットの世界ってそういうもんだろ。たぶん、TENDERのことを完全に潰しておきたい奴がいるんだよ。この業界は戦場だからな。こっちはもう死んでるっつうのに」

「…………」

「ま、そんな奴らの言ってることなんて気にするほうが馬鹿《ばか》だと思うよ、俺は。だから心配すんな。俺にそういう悪意は効かねえよ。そもそも見ないんだから」

「兄貴……」

「なんだよ」

「兄貴はかっこいい。TENDERもかっこいい。僕は知ってるから」

「それは……」兄貴は一息おいて続けた。「俺も知ってるよ」

⁂

長かった冬休みが終わった。三学期に入ると、教室の空気が本格的に張りつめ始めた。およそ二週間後には受験当日が控えている。

僕はというと、冬休み中もそれほど受験勉強ははかどらなかった。惰性的に冬期講習に通い、なんとなく講師の話を聞いていただけだった。

『みぎがわ』という曲を、自分だけのものにしておきたい。

でもリカの才能は世間に知られるべきだ。

冬休みのあいだ、僕はその相反するふたつの気持ちを行ったり来たりしていた。

「いよいよ本番かあ」

三学期の始業式が終わり、席替えをしてもなお僕のうしろの席にいる翔太がつぶやく。

「翔太はどう？　いい感じ？」

「まあまあだな」

「まあまあというのは決して前向きな言葉ではありません」

僕はわざと先生みたいな口調で言ってみる。

「智也はめんどくさいこと言うよな。ややこしい」

翔太は兄貴と似ているところがある。

「なにかを失えば、なにかを得る」

「え？」

「俺は泉を失ったんだから、それと引き換えに夢を得るんだ」翔太は少し眉を寄せて、下を向いた。「って、そうやって思わないとやってらんないくらいには、参ってるよ」

翔太は自嘲《じちょう》気味に笑う。「自分で決めたことなのに情けないよな」

「そんなに参ってるならもう一度やり直せばいいのに。花村さんだってつらいはずだろ。受験終わってからでもいいじゃん。もう一度……」

「それは、無理だな」

翔太は窓の外を見ながら言う。翔太の瞳に、やけに澄んだ冬空が映っている。

「今っていうのは過去の俺たちが全力で考えて、最良だと思った選択の結果なんだよ。俺は泉のことを想ってこの結論を出したんだし、泉だってきっと同じだろ。今、やっぱり元に戻りたいとか思うなら、あのときの俺たちを否定することになっちゃうんだよ。それじゃ真剣に悩んで決断した俺たちがかわいそうだ」

過去の選択の結果が、今。

たしかにそうだ。僕たちは無数の選択をしながら生きている。

「あのときの俺たちのためにも、前に進むしかない」

「そっか……」

「だから、まあまあ、だよ」

「今まで見てきた翔太のなかで、今の翔太がいちばんかっこいい気がする」

「やめろって。惚《ほ》れんなよ」

「もう惚れてるかもしれない」

僕が真顔でそう言うと、

「抱きしめてやるよ、ほら」と、翔太が両手を広げた。それを見て僕は吹き出す。

翔太は自分の気持ちをおしころし、ふたりにとって「最良」の選択をした。花村さんのことを想って、別れを決めたのだ。

僕がすべき選択。僕がリカのためにできること。

このとき僕は、心を決めた。

帰り道を急ぐ。リカに最後に会ったのは、あのクリスマスイブの日だった。久しぶりに会える。そう思うと心が逸《はや》り、鼓動も足取りもどんどん速くなっていく。

年が明けて寒さは増す一方だったけれど、日は少しずつ伸びてきていた。電車を降りると、澄んだ水色の空がほんのりとオレンジ色に染まり始めていた。冬の夕焼けは短い。ぼうっとしているあいだに太陽は沈んでしまう。急がなきゃ。

リカのギターの音が聴こえ始めると、胸が少しずつ締めつけられていくような感じがした。これから僕がしようとしている「選択」は、今の僕たちの関係を少なからず変えてしまうかもしれない。

僕は歌うリカの右隣に座り、三十分後にアラームをセットした。様々な歌詞がリカの口から溢れてくる。今までためこんでいた想いが、一気に解き放たれていくように。

リカがギターを弾く手を止めて微笑む。

「トモ、会いたかったよ」

僕も会いたかった、とは言えずに、うん、とうなずいた。

「『みぎがわ』のことなんだけど」

僕の「選択」のこと。前振りもなしに話し始めたのは、夕日が沈む前に話さなければならなかったからだ。夕焼けをバックに歌うリカは本当に素敵だし、なにより『みぎがわ』はオレンジ色の空がよく似合う曲だから。

「なになにー?」リカは無邪気に訊いてくる。

「『みぎがわ』、ＳＮＳに投稿してみない？　リカが歌ってる動画を撮ってさ」

あのクリスマスイブの日からずっと考えていたことだった。リカのためにできることを探し、僕はこの答えに行き着いた。

「え、なんで？」

「『みぎがわ』は本当にいい曲だから。みんなに聴かれる価値のある曲だから」

「でもあれはトモへのプレゼントだから、トモだけが聴いてくればいいよ。あの曲は……」

うれしかった。僕の決意は今にも溶けてなくなってしまいそうだった。でも、だめだ。

「あの曲を聴くのが僕だけだなんて、もったいないよ」

「だから、私は隣にいる人の心を動かすために……」リカがそう言いかけたとき、僕は首を横に振った。

「『みぎがわ』にはたくさんの人の心を動かす力があると思うんだ。あの曲は僕たちだけのものにしておくにはよすぎるんだよ」

リカは考えこむようにうつむいていた。

「『みぎがわ』はリカを夢に近づけてくれると思う」僕がそう言うと、リカははっとしたように顔をあげた。真剣な表情で僕のことを見ている。

僕はリカの気持ちを軽くしようと、彼女のバッグについているルーシーのマスコットを手に、わざと高くした声で言ってみた。

「きみは英雄になるんじゃないの？」

それを見たリカは、トモがそんなふうにふざけるなんて珍しい、と言って可笑しそうに笑った。「しかもルーシーはそんな話し方じゃないよ」

しばらく笑い合ったあと、リカが言った。

「トモがそう言ってくれるなら、やってみたい」

リカの瞳にオレンジ色の空が映っている。それは静かに燃える炎のようにも見えた。

「よかった。僕たちの時間から生まれた曲が、どこかのだれかの心に届いたらうれしいよな」僕は精一杯冷静な笑顔を作る。

「うん……それは、うれしい。とっても」

「じゃあ、撮ろうか。リカのスマホで撮りたいから、貸してもらってもいい？」

動画の投稿はリカのアカウントからしたかったので、彼女のスマホで撮影する必要があった。僕はリカの電話番号しか知らないので、動画を送信する手段がない。

「うん、いいよ。はい」

僕はリカからスマホを受け取った。

息をのむほどに美しい夕焼け空の下で、リカがギターを構える。僕はビデオモードにしたスマホを彼女に向けた。

「準備、いい？」

「うん」

「じゃ、いくよ。3、2、1……」

ギターの音が鳴り始める。スマホの画面には橙色の背景に映えるリカの姿。紺色のセーラー服と古びたギターが、その映像をより魅力的なものにしていた。映っているものすべてが特別な感じがして、画面から目を離せない。まるで画面越しにスーパースターを見ているような感覚に陥《おちい》る。リカが歌っているあいだ、僕の目と耳はその映像に釘付《くぎづ》けにされたままだった。

リカが『みぎがわ』を歌い終える。ギターの余韻までしっかりと撮影して、録画ボタンを再び押した。ポンッと録画の終わりを告げる音が鳴る。僕は左手の親指を立て、オーケーのサインをした。

リカがニッと笑う。その笑顔を見てなんだかほっとした。いつものリカだ。

「ああ、緊張した。私、大丈夫だった?」

「緊張、してた? めちゃくちゃよかったよ。感動した。やっぱり『みぎがわ』いいな。見てみる?」

「えー、ちょっと恥ずかしいな。でもせっかくだし見てみようかな」

僕はリカのスマホで動画を再生した。リカといっしょに画面をのぞきこむ。画面のなかでリカがギターを弾き始める。

「うわあ、すごい。綺麗だね」

リカが夕焼け色に染まったスマホの画面を見て言う。

「うん。『みぎがわ』には夕焼けが似合うよ」

「それ、わかる。はじめて手をつないだとき、夕焼けが綺麗だったからだね」

スマホからリカの歌声が流れてくる。リカは真剣に自分が歌う姿を見ている。

「歌ってる私ってこんな感じなんだね。はじめて見た」

「どう？」

「うーん。私が知ってる私のなかで、この私がいちばん好き」リカはうれしそうに言う。

「それなら撮ってよかった」

「うん、ほんとだね。トモ、ありがと」リカはいつも素直でまっすぐだ。

じゃあ投稿しよっか、と僕ができるだけあっさり言うと、リカはうなずいた。

「まずリカのアカウント作らないとだな」

「アカウント？　私、そういうの全然わかんないけど大丈夫かな？」

「大丈夫。僕がやるよ。このまま操作しちゃってもいい？」

「うん、いいよ」

リカのスマホでツイッターのアカウント作成画面を開く。

「アカウント名、どうする？　あ、アカウント名っていうのはツイッター上の名前のこと」

「トモはなんていう名前なの？」

「僕は普通に『智也』」

「ふうん……」リカは数秒考えて、

「じゃあ、リッカにする」と言った。

「リッカ？　なんで小さいツが入った？」

「小さいッが入るとかわいくなる気がするからだよ。『かれぴ』より『かれぴっぴ』のほうがかわいいでしょ」

リカはくすくすと笑っている。

「ああ」

翔太が「かれぴっぴ」と呼ばれている、と話したときのことを思い出し、僕もいっしょになって笑った。

「わかった、リッカね」

アカウント名の欄に、カタカナで「リッカ」と入力してみる。なんだかしっくりこない。

「ローマ字表記のほうがきまってる感じがするから、これでもいい？」

僕は「RICCA」と入力し直して、その画面をリカに見せた。

「アール・アイ・シー・シー・エー」リカがゆっくりと読み上げる。「いい感じだね」

その後いくつか必要事項を登録して、「RICCA」のアカウントができ上がった。

「お気に入りの写真とかあればアイコンにできるよ」

「あるよ、お気に入りの写真」

リカは僕からスマホを受け取ると、一枚の写真を表示させた。それは太陽に照らされて輝いている川の水面を写したものだった。

「川？」

「うん。これね、トモがはじめて私に話しかけてくれた日に撮った写真なの。あのとき私、本当にうれしくてさ。トモが帰ったあと、川の写真撮ったんだよね。きらきらしてる川がそのときの気持ちと似てて。この気持ち、覚えておきたいなあって思ったんだ」

はじめてリカに話しかけた日。リカはうれしそうに笑い、僕を「はじめてのお客さん」と呼んだ。

「なつかしいな」「ほんとだね」

「だから、アイコンはこれね」リカがスマホを再び僕に手渡す。

僕は「ＲＩＣＣＡ」のアイコンにその写真を登録した。

「じゃあ、さっきの動画、投稿するよ」

「うん」

僕は動画をツイッターにアップロードした。それに加えて、「『みぎがわ』／ＲＩＣＣＡ」「#RICCA」という文字を打ちこむ。

ツイートボタンを押せば、『みぎがわ』は僕たちだけの曲ではなくなる。僕の指先の動きひとつで、だれもがその曲を聴けるようになる。

世界中の人を救うとか、そんな大それたことはできないかもしれない。

でも、だれかの心を動かすかもしれない。リカは夢に少し近づくかもしれない。

それはリカが望んでいることで、喜ぶべきことだ。

僕はリカに英雄になるための小さな第一歩を踏み出させてやるんだ。

「さあ、だれかに届け！」

僕はそう言って、ツイートボタンを押した。

結論からいうと、僕が意を決して投稿した動画はまったく再生されなかった。よく考えてみれば当然だ。昨日作った「ＲＩＣＣＡ」のアカウントは、だれもフォローしていないし、だれにもフォローされていない。だれかが「ＲＩＣＣＡ」と検索しないかぎり、見つけられることはないのだ。僕はそれに気がつき、失望と安堵《あんど》のため息を同時についた。

動画を投稿した次の日の帰り道、リカはギターをケースにしまったまま芝生の上に寝転んで、暮れゆく空を眺めていた。

彼女の隣に腰を下ろす。

「リカ、なにしてんの？」

「ああ、トモ」リカは体勢を変えずに、顔だけを僕に向けて微笑んだ。「なんかさ……ちょっとだけ不安だなって思って」

「不安？　昨日の動画のこと？」

「うん。だれかに評価されるのとかってやっぱり少し怖いよね。トモみたいに、私の曲をわかってくれる人ばっかりじゃないだろうし」

そう言いながら、リカは空と向き合っている。

「あ、その話なんだけどさ。あの動画、まだ全然再生されてないんだ」

「えー、そうだったの？　なーんだ。じゃあ私の不安はなんだったんだ」

リカは気が抜けたように笑った。

「よく考えれば当たり前のことなんだよね。新しいアカウントで投稿したから。まだだれも『ＲＩＣＣＡ』の存在を知らない」

僕がそう言うと、リカは上半身を起こして大きく伸びをした。

「あーぁ、なんだか、かくれんぼしてる気分だな。見つかるのが怖いくせに、早くだれかに見つけてほしいって気持ちもある」

「今ならまだ引き返せるよ。今削除すれば……」

「ううん、大丈夫。こういう怖さとかも、英雄になるためには乗り越えなきゃなって思った。私には音楽しかないからさ。それに」リカは僕の目をまっすぐ見る。「トモが背中を押してくれたことがうれしいから」

リカの目に迷いはなかった。僕はたしかにリカの背中を押した。リカが「英雄」になる未来へと進むため、いわば彼女の「夢」を叶《かな》えるために。

でも、夢へ向かって踏み出したその先に、望んだ景色が待っているとは限らない。

そんなことを考えてしまい、足がすくんだ。

昨日、僕はたくさんの人にリカの歌が届けばいいと思った。それなのに今日は、『みぎがわ』を、そしてリカを、僕だけのものにしておきたいという未練に引っ張られている。あのときの俺たちがかわいそうだ、という翔太の言葉を思い出し、今なら引き返せるなんて思っている自分を殴りたくなってくる。

もう一度、勇気を振り絞らねばならない。

「じゃあもう少し、たくさんの人に聴いてもらえるような方法を考えてみる。もしうまくいってネット上で拡散されたらもう元には戻れないけど、大丈夫？」

リカに問う。同時に自分にも。

こくりとリカがうなずく。

「なにか考えてみるよ」

拡散するといっても、僕のアカウントでなにかをするわけではない。『みぎがわ』は僕へのプレゼントであるからこそ、自分の痕跡《こんせき》を残してはならないと思った。

僕はこのときすでに、手っ取り早く拡散できそうな方法を思いついていた。

帰宅後、すぐにスマホで「ＴＥＮＤＥＲ」と検索した。リカといるときにやらなかったのは、兄貴たちのこと、ＴＥＮＤＥＲのことを、知ったふうにリカに話すのが嫌だったからだ。僕は「兄がいる」ということでさえ、リカに話していなかった。リカが両親の離婚のことを話したとき以来、僕たちのあいだで家族の話がされることはなかった。

「【衝撃】突如解散したＴＥＮＤＥＲの情事」と馬鹿げたタイトルがつけられたスレッドを見る。解散から一週間以上が経った今でも、価値のないやりとりが際限なく続けられていた。

このなかに『みぎがわ』の動画を投げ入れる。それが僕の考えた方法だった。兄貴たちに向いている悪意を、「RICCA」への興味に変えてやろうと思った。それでTENDERへの暴言や虚言がおさまれば、一石二鳥ではないか。
くだらない書きこみが更新されていくのを見ながら、『みぎがわ』の動画を貼ったツイートへのリンクを投稿した。続けて《この歌が気に入ったら即フォロー》という文句とともに、RICCAのアカウントページのURLを貼りつけた。
《なにこれ？》
《急なJK動画www　やはりセーラー服は正義》
《すげー！　いい声！》
《この曲なんだ？　ってかこの子だれ？》
《ちょっとTwitter行ってくるわ》
TENDERの「火事」を楽しむことに飽きてきていた人たちは、すぐに僕が投稿した動画に食いついた。その瞬間から「RICCA」のフォロワーは少しずつ増えていった。
フォロワーが増え始めたのを見届けてから、風呂《ふろ》に入って夕飯を食べた。ベッドに入り、RICCAのアカウントページを再度開いてみる。
僕は愕然《がくぜん》とした。フォロワー数の欄に書かれた数字が激増していた。僕が画面を見ているあいだにも、その数字はみるみるうちに増えていく。フォロワー数が二千を超えたあたりで、一度スマホの画面を消した。

とんでもないことになった、と思った。

「バズる」という言葉は知っていたし、名もなきだれかのつぶやきに何万件ものリアクションがくることがあるのも知っていた。とはいえ、昨日までフォロワー数ゼロのアカウントがこんなことになるなんて――。

真っ黒になったスマホの画面を見つめながら、ネットの世界で起こっていることについて考えた。二千人もの人たちが『みぎがわ』を聴いた。ふたりだけのものだったあの歌は、ほんの数時間で二千人のみんなのものになったのだ。

もう一度スマホを開く。さきほどまで開いていた画面と同じ、RICCAのアカウントページが表示された。フォロワー数は増え続けている。

『みぎがわ』の動画を貼ったツイートを見ると、リツイート数が三千を超えていた。リツイートしたアカウントの一覧を表示させる。そのなかには、有名な音楽プロデューサーのアカウントもあった。あまりのビッグネームに驚きつつ、そのまま画面をスクロールしていくと、見覚えのある名前を見つけた。

「NICO@TENDER」

ニコ、テンダー。久仁子さんだ。久仁子さんはRICCAの投稿をリツイートして、こんなコメントをつけていた。

《新しいヒロインよ、屍《しかばね》を超えていけ》

屍。それはきっとTENDERのことだ。久仁子さんは、あの掲示板にRICCAの動画が載っていたことを知っているのだろう。だとしたら、彼女はあの嘘や暴言まみれの画面を目にしたはずだ。八年間かけて築いてきたものが一瞬で崩れたその事実を、なにも知らない外野どもが笑っている。その様子を久仁子さんは見たのだ。そのときの彼女の気持ちを考えると、部屋の空気が急に薄くなったように感じた。炎上を利用されたと思ったかもしれない。いや、僕は実際に利用したのだ。あのときその自覚がなかったことに気がつき、自己嫌悪に陥る。

「新しいヒロインよ、屍を超えていけ……」

久仁子さんの言葉を確かめるように口に出してみる。静まり返った部屋に響いた自分の声を聞き、居心地が悪くなった。

その夜のうちに「#RICCA」をつけたツイートは一万五千件にもおよび、一気にトレンド入りを果たした。フォロワー数は四千人にも迫る勢いだった。

怖い。

ただただ怖かった。

もう取り返しはつかない。

こんなつもりじゃなかったのに。そんな情けない台詞が頭のなかを巡っていた。同じ言葉の反復に酔って吐き気を覚える。目を瞑《つぶ》る。目を開ける。スマホを見る。再び目を瞑る。それを繰り返しているうちに、窓の外には朝日が昇った。試験を明日に控えた今日は、学校が休みだ。試験前日の朝の過ごし方としてこれほど劣悪なものはないだろうと思いながら、そのまま時間が経つのを待つことにした。

昼過ぎになっても、空腹も眠気も感じなかった。まるで乗り物酔いでもしてしまったかのように気持ちが悪い。

外の風に当たろう。そう思い立ち、スウェットをジーンズにはき替えた。その上に通学用のコートを着るとなんだか少し変な恰好になったけれど、気にせず外に出た。

太陽がまぶしい。冷たく乾いた空気を吸いこむと、全身の血がようやく巡り始めたように感じた。薄汚れたスニーカーを引っかけた足は、夕焼けロードに向かっていた。いつもリカがいる場所までだらだらと歩く。

リカはまだ来ていない。僕はひとり、芝生に腰を下ろした。思えばここに座るときは、いつも僕の左隣にリカがいた。僕がひとりでここに座るのははじめてだ。

スマホを取り出し、昨日から嫌というほど見たツイッターの画面を開く。昨晩は読むことができなかったコメント欄をのぞいてみることにした。リカのことを悪く言ったり、変な目で見るような人がいたらと思うと、怖くて見ることができなかったのだ。

僕は画面をスクロールしながら、膨大な数のコメントを読んだ。

《かわいらしい子だね》

《いい声だね》

《この曲いい》

そんなことは言わなくてもわかるのに。リカがかわいらしくて、いい声をしていて、『みぎがわ』がいい曲だなんて、わかりきっていることだ。
《エモい！》
《泣けるわ〜》
《キュンキュンする〜！》
リカの曲の魅力を本当にわかって言っているんだろうか。とりあえず言っときゃいいと思ってない？
《こういう気持ち、わかる〜！》
《私の恋を歌ってくれているみたい》
《俺と彼女の話、そのまますぎてビビッたw》
僕たちのなにがわかるんだ。共感されるたびに、僕たちの思い出に土足で踏みこまれているような感じがする。なにも知らないくせに……。
読みながら、コメント欄を見ることができなかった本当の理由に気がつく。僕は『みぎがわ』に対してどんな感想も言ってほしくなかったのだ。僕たちの大切な時間を他人に評価されたくなんてなかったのだ。
自分で決めたことなのに。今更そんなことを思ってもしかたないのに。
僕は枯れた芝生に寝転んで、気が遠くなるほどに青い空を見つめた。

「……トモ、起きて！」

冷たい芝生の上で目を覚ますと、目の前にリカの顔があって驚いた。空を見ながら眠ってしまっていたようだ。

「あ、起きた。よかったあ、死んじゃったのかと」

「勝手に殺すな」

寝ぼけながら言う。リカが楽しそうに笑うので、昨晩から起きていたことは全部夢だったのではないかと思った。

「トモ、学校休んだの？」

「今日は休みなんだ」

「明日試験だから？」

「うん、そう」

「前日にこんなとこにいちゃだめでしょ。もしかして昨日のこと気にしてる？　だったらこの話は試験が終わってからでも大丈夫だよ？」

昨日のこと、か。やはり夢なんかではなく、すべて現実だ。

「いや、気分転換に風に当たりたかったし。リカと話したかった」

身体を芝生からはがしながら言うと、リカは少しの沈黙のあとで小さくうなずいた。

「そっか。じゃあ少し話そう」言いながらギターケースを置き、僕の隣に腰を下ろす。「トモ、昨日の夜なにしたの？」

そう言われ、昨晩のことを思い出す。

「拡散した、あの動画」僕は起こした身体を再び芝生の上に投げ出した。

「私のスマホが鳴りやまないんだけど」

四千人もの人に一気にフォローされると、通知はどんな感じになるんだろう。僕には想像もつかなかった。リカが僕の隣に寝転ぶ。僕たちは冷えた芝生の上に身体を並べて、ゆっくりと流れる雲を眺めた。

「私、なにが起きてるのかはよくわかんないけど、大変なことになってるっていうのはわかった。今日の朝さっそくクラスの子に、あれってリカちゃんだよね、ギター弾けるなんて知らなかった、すごーい、なんて声かけられて。それからはみんな急にやさしく話しかけてきた。今までだれも近づいてもこなかったのに」

リカはため息をつくとともに苦笑いを浮かべた。「やんなっちゃうよね、ほんと」

「僕のやり方が悪かったのかもしれない」

「どういうこと?」

「いや……僕もいきなりこんなことになるとは思ってなくて。だれかに『みぎがわ』を聴いてもらえたらいいなって、軽い気持ちで拡散しちゃったからさ。もっと慎重にやるべきだったのかもしれない。リカ、学校行きづらいよな……」

「大丈夫、学校に行きやすかったことなんて一度もないから」リカは目を三日月形にして笑っている。「たくさんの人に私の歌を知ってもらえたみたいでうれしいよ」

リカの笑顔に返す言葉が見つからない。リカはしっかりとした決意を持って前に進もうとしている。

「学校生活くらい、余裕で捨てられる。私は大丈夫。トモがいて、英雄になれる未来があれば、それで」

僕はなにも言えず、リカの右手をぎゅっと握った。

「だからトモも明日の試験がんばってね。私がついてる」

リカが微笑む。やさしさと強さが混在する笑顔だ。できることならこの笑顔を独り占めしていたい。でも、もうそんなことを言ってはいられない。

久仁子さんの言葉。

リカの覚悟。

僕も、心を決めなければならない。

僕は「自分だけのリカ」に対する未練を心のなかの頑丈な箱に入れて、何重にも鍵《かぎ》をかけた。


この日の夜、『みぎがわ』の再生回数は十万回を超えた。

そして、まずいことが起きた。

少しだけ映りこんでいた建物をもとに、動画を撮影した場所が特定されたのだ。僕たちがふたりで過ごしていたあの場所を赤いピンで示した地図が、「#RICCA」をつけてツイッターに投稿された。僕たちの大切な場所が知らない人たちに踏み荒らされていく。その様子を想像しただけでも苦しかった。

僕はそれを伝えるため、リカにはじめて電話をかけた。

「もしもし、トモ?」

呼び出し音のあと、リカが電話に出る。はじめて電話越しに聞くリカの声は、いつもと少し違った感じがした。

「うん」

「トモから電話かかってくるなんてはじめてだ」

照れたように笑う声が聞こえる。

「リカ、なにか変わったことはない?」

「え? なにもないけど……なんで?」

「あの川原の位置情報がネットに流されたんだ。だからもうこれからはあの場所に行かないほうがいい。明日は土曜日だから行かないとは思ったけど」

これからは。

自分で発した言葉に胸が締めつけられる。

これから、いつまで? 永遠に? 僕たちだけの場所はもう二度と戻ってこないのだろうか。

「そうだったんだ。じゃあもうあそこでは歌えないのかな」

リカは沈んだ声で言った。

「そうだな……リカがあの場所に行くのはちょっと危ないかもしれない」

「そっかあ……」

リカはため息まじりに言い、黙りこんだ。電話口では沈黙が続いている。

「リカ、大丈夫？」

「ああ、うん。全然大丈夫」リカの声に明るさが戻る。「残念だけどしょうがないね。そういうことなら月曜日は私の家で会おう」

「わかった。詳しいことはまたそのときに」

「うん。本当に私は大丈夫だから。トモは私のこと気にしないで試験がんばってよね。私たちの今後だってかかってるんだからさ」

リカはいつも通りの天真爛漫な話し方で言った。

僕は地元の国立大学を第一志望にして、滑《すべ》り止めの私立大学は受験しないことにしていた。明日、明後日の試験で大失敗をすれば、志望校の二次試験を受けられなくなる可能性もあった。でも、たぶん大丈夫だ。A判定だし。

「土日、夜なら連絡とれるから。なにかあったら電話して」

「わかった、ありがとう」

「それじゃあまた月曜日に」

「うん、試験がんばって。またね」

僕たちは当たり前のように次の約束をして、電話を切った。

試験が終わった。結果から言うと、僕は試験に失敗した。まったく身が入らなかった。あんな状態では当然だったかもしれない。今となっては、「大丈夫だ」なんて思っていたことが信じられない。

試験の翌日、学校で自己採点会が行われた。僕の点数は志望校の合格ラインを越していなかった。先生からどうしたのかと問われ、緊張していたからと答えたけれど、そんな理由ではないことは明白だった。

国立大学の入試の合否は、今回の試験と各学校独自に行われる二次試験の合計点数で決まる。今回の試験に失敗した僕は、二月半ばにある二次試験で挽回《ばんかい》する必要があった。

学校が終わり、電車に揺られ駅に着いた。今日は久しぶりに自転車に乗ってきた。わざわざ時間をかけて歩いて登校する意味はもうなかった。駐輪場で自転車に乗り、夕焼けロードに向かう。人だかりができているとまではいかないけれど、いつもよりも人通りが多い気がした。ネットに流れたあの地図を見て来た人たちだろうか。僕たちだけの場所が失われていく光景を横目に、急いで自転車を走らせた。

リカの家が見えてくる。僕らをとりまく環境が変わりつつある今、当たり前に変わらない姿で建っている家が僕を少し安心させた。家の前に自転車を停め、呼び鈴を押す。

「待ってたよ」

そう言って玄関から顔を出したリカもまた、試験の前日に会ったときと同じ笑顔だ。

「隣の部屋でお母さんが寝てるから」リカは人差し指を唇の前で立てた。「ちょっと小さめの声で」

「リカ、ごめん」居間のちゃぶ台の前に座り、僕は謝った。「試験、全然だめだった」

石油ストーブが部屋をあたためている。ちゃぶ台をはさんで僕の向かい側に座っているリカが、案ずるように眉を寄せた。

「えっ……」

「あ、でも、二次がんばれば大丈夫だから。ちゃんと勉強すれば大丈夫」

できるだけなんでもないことのように言うと、リカの表情が晴れた。

「そっか。トモがそう言うならきっと大丈夫だよね。それに謝らなきゃいけないのは私のほうだよ」

「なんでだよ?」

「だって完全に私のせいだよね。トモは私のこと心配して試験に集中できなかったんでしょ?前日も眠れなかったりしたんじゃないの? だからさ、私のせいだよ」

「違うよ。たまたま苦手なところばっかり出たんだ。しかも受験本番ともなると思ったより緊張しちゃうよな……」

リカはちゃぶ台に頬杖《ほおづえ》をついてしばらく考えこんだあと、僕の目をじっと見て姿勢を正し、トモ、と改まった感じで僕の名前を呼んだ。

「ん?」僕はその真剣な眼差《まなざ》しに戸惑う。

「二次試験が終わるまで、会うのやめよう。私、トモに迷惑かけたくないよ」

「でもリカも大変なときだし、心配だよ」

「私は大丈夫。トモが大学に合格したら、私たちは好きなだけいっしょにいられるんだし。『みぎがわ』の話だって、受験が終わったらゆっくりすればいいよ」

「いや、でも……」

「本当に心配しないで。あ、私のことネットで検索するのも禁止だからね」

「……わかった」

リカのことが心配だけれど、今の僕には余裕がない。

リカはいつものようにニッと笑う。

「あの場所使えなくなっちゃったし、私の家だと平日はこうやってひそひそ話さなきゃいけないから、ちょうどいい気もするよね」

リカはそう言って、ちゃぶ台の上に置かれた僕の手に自分の手を重ねた。リカの手は小さくて、あたたかくて、なぜかとても力強い。

「……たしかにそうか」

「うん。あ、でも……」

「なに?」

「トモに一ヵ月以上も会えなかったら私、化石になっちゃうかもしれないな」

リカの手の熱が僕の冷えた手をあたためる。

「化石って」

僕がそう言って笑うと、リカは呼吸もまばたきも止めて固まった。二十秒ほどのあいだ、リカは僕の手を握ったまま身動きひとつしなかった。

「……リカ?」

「こんな感じで」

「化石になってたのか」

「そう」

僕たちは声をおしころしながら笑い合った。口元をおさえて楽しそうに笑うリカを見て、気持ちが少し軽くなったような気がした。

「僕も全然リカに会わないのは寂しいし、なんていうか……不安だな。だから、日曜日だけ今まで通り会うっていうのはどう?」

「いいの?」

「僕もそのほうがいい」

「そっか。じゃあそうしよう」

その日から次の日曜日までのあいだ、僕はこれまでになく集中して受験勉強に励んだ。この間、必要以上にリカのことを考えずに済んでいた。一ヵ月がんばれば、僕たちにはきらきらとした日常が戻ってくる。そう自分に言い聞かせながら、未来への期待を糧《かて》に机に向かい続けた。

「おかえり」

日曜日、リカの家へ行くと、彼女は玄関のドアを開けてそう言った。僕の帰るべき場所はリカの隣なのだと言ってくれている感じがして、心の奥のほうがじんわりとあたたかくなった。

いつもと変わらない日曜日。僕はちゃぶ台に向かって勉強をした。リカは床で歌詞を書き、疲れると僕の背中にもたれて眠った。

しばらくして目を覚ましたリカが僕の向かい側に座り、

「実は今日、トモに見てもらいたいものがあって」とスマホを手に取った。「これ……」

リカが見せてきたのはツイッターのダイレクトメッセージの画面だった。メッセージの差出人は「株式会社 グローリー・ミュージック」となっていた。僕も知っている、有名な音楽事務所の名前だ。

RICCA 様
突然のご連絡失礼致します。グローリー・ミュージックの田中《たなか》と申します。『みぎがわ』の動画を大変興味深く拝見致しました。つきましては、一度直接お話ししたく思っております。誠に恐縮ではございますが、お手すきの際でかまいませんので、以下の番号にお電話を頂ければ幸いです。

メッセージの下に電話番号が書かれていた。差出人のアカウントを確認すると、十万人ほどのフォロワーを擁する公式のグローリー・ミュージックのアカウントだった。

「え、これって……」

SNSを封印していた僕は、一週間ぶりに自分のスマホでツイッターを開き、検索ボックスに「RICCA」と入力した。RICCAのフォロワーはさらに増えていたし、なんと『みぎがわ』の再生回数は五十万回を超えていた。

「昨日久しぶりにツイッターを開いたらこれが来てて。がんばって読もうと思ったんだけど、結局どうすればいいのかよくわからなくて……」

「これは、スカウトだよな。グローリー・ミュージックっていう大きな音楽事務所の人が、リカと話したいから電話くださいって言ってる」

僕がそう言うと、リカは少し困ったような顔をした。「……どうしよう」

「うーん……」

すぐに返事ができなかったのは、僕自身がリカにどうしてほしいのかわからなかったからだ。でも僕の気持ちなんて関係ない。リカの気持ちだけが問題だ。

「リカは、どうしたい？」

「私は……」

リカは宙を見ながら考えている。表情から感情は読み取れない。返答を待つ僕は、気づけば下唇をぎゅっと噛みしめていた。

リカは僕の目をまっすぐに見つめて言う。

「これってチャンスだよね？」

質問を質問で返され拍子《ひょうし》抜《ぬ》けしてしまう。「え？」

「英雄になるチャンス、だよね？」

「ああ。うん、そうだと思う」

「だったら絶対に逃したくない」

リカの笑顔はいつもよりも大人びて見えた。

「しかも、このチャンスはトモといっしょにつかんだものだから。なおさら逃したくない」

僕は動画を撮ってそれを拡散しただけだ。拡散できたのだって、ＴＥＮＤＥＲのスレッドを「利用」したからに過ぎない。それなのに、リカはいっしょにつかんだチャンスだなんて言ってくれている。

リカの顔を見る。その瞳は「ＲＩＣＣＡ」のアイコンに写った川のように、きらきらと輝いていた。太陽に照らされて輝く川の水面。僕たちはあの夏の終わりに、こんな冬が来ることを予想もしていなかった。

「……そっか」

「トモ、大丈夫？　なにか思ってることがある？」

「いや……」

僕は言葉に詰まり、ちゃぶ台に置かれた自分の手だけを見つめていた。言葉が出るのを邪魔しているのは、プライドとか意地とかそういうつまらないものたちだ。

「思ってることがあるなら言って？　私は納得のいくように進んでいきたいから。トモとふたりで」

リカのまっすぐな視線がこちらに向けられているのがわかる。やさしい熱を帯びたその視線が、言葉の出口をふさいでいるものを溶かしていく。

「ちょっと……怖いのかもしれない」

鍵をかけて閉じこめたはずだった気持ち。その鍵を開けてしまえば、言葉を止めることはもうできなかった。

「こんなことになるなんて思ってなかったんだ。リカの才能や音楽を信じてたから、いつかは、とは思ってたけど。こんなに早くとは思ってなくて……」

リカは今まで見たなかでいちばん真剣な顔をして、僕の言葉を聞いている。

「リカが遠くなる気がして、怖いんだ」

言い終わると同時に自分がひどく惨《みじ》めになり、言わなければよかったと後悔した。

リカが急に立ち上がる。どうしたのかと思っていると、やわらかなぬくもりが背中を包んだ。

リカは僕のうしろに回り、僕のことを抱きしめていた。身体が固まる。リカの感触をはじめて知った僕の鼓動は、瞬《まばた》く間《ま》に速くなる。

「私はどこへもいかないよ」

細い腕に少しだけ力を込めて、リカが言う。僕は気持ちを落ち着かせようと、できるだけゆっくり呼吸した。

「今の私がいるのも、『みぎがわ』が書けたのも、こうやってチャンスがきたのも、全部トモのおかげなんだよ。トモといっしょにいない私なんてもう私じゃないんだよ。だから……」

リカは肩越しに僕の顔をのぞきこんでくる。今僕がリカのほうを向いたら、顔と顔がくっついてしまいそうな距離だ。僕はリカの顔を見ることができずにうつむいていた。

「なにがあっても隣にいてほしい。私の右側はトモじゃないとだめなんだよ」

リカのまっすぐな言葉は、僕ののぼせきった頭に響き渡った。心を埋め尽くしていた後悔や不安が、その言葉により取り払われていくのを感じる。

僕は静かに息を吐いて、深くうなずいた。

「……わかった。じゃあ電話、してみようか」

リカは、うん、と溌剌とした返事をして、僕の背中から離れた。急にあたたかいものが離れたので、背中を冷たい風が撫でたような感じがした。

リカはメッセージの下に書かれていた番号に電話をかけ、スピーカーモードにしたスマホをちゃぶ台の上に置いた。

呼び出し音が数回鳴り、女性が電話に出る。

「はい、グローリー・ミュージックの田中です」

「あ、あの、ダイレクトメッセージを頂いてお電話しています。私、『みぎがわ』の――」

さすがにリカも緊張しているようだ。

「ああ、RICCAちゃん？」

電話越しの田中さんの声が一気に親しみを帯びたものになる。

「はい……」

「RICCAちゃん、電話待ってたよ。ぜひあなたと話をしたいのだけど、東京に来られる日、ある？　できるだけ早く会いたいんだけど」

はきはきとした、親戚《しんせき》のおばさんのような話し方だ。

「いつでも大丈夫です」

「でも、学校は？　RICCAちゃんは高校生だよね？」

「はい。でもこの騒ぎで学校には行けないし、行かなくても卒業させてくれるみたいなので」

リカが学校に行っていないことをはじめて知った。

「ふうん。そっか」田中さんは淡泊な相槌を打った。「じゃあ、明日は？」

「大丈夫です」

「よかった。じゃあ、明日の午後一時に本社に来れる？　本社はアイリータウン東京の二十三階にあるんだけど、場所わかるかな」

「あ、アイリータウン知ってます」

アイリータウン東京とは都内に五年ほど前にできた複合ビルだ。五十階建てで、最上階には展望台もついている。僕たちの住む街の駅からアイリータウン東京の最寄り駅までは、乗り換えなしで行ける。一時間ほどで着くだろう。

「それならよかった。一応、ＤＭで地図を送っておくね」

「ありがとうございます」

「気をつけて来てね。待ってるよ」

「はい、よろしくお願いします」

リカは、失礼します、と電話を切り、

「ふう、緊張した。田中さん、いい人そうでよかったあ」と大きく伸びをした。

「リカ、学校行ってなかったんだね」

「あ、うん、そう。先週の真ん中あたりから行ってない。もう行かない」

「リカはそれでいいの？」

「うん、別にいい。もともと学校にはなにもなかったからさ。そんなことより」リカが床に転がっていたルーシーのぬいぐるみを拾い上げる。「明日ちゃんと話せるかなあ、私」

「リカ、ひとりで行けるの？　というか、本当に場所知ってる？」

今僕の目の前にいるリカと、都心に佇むアイリータウン。そのふたつのイメージを重ねることが僕にはできなかった。

「知ってるってば。アイリータウンができたときに一度お母さんと行ったことあるんだよ」

「そっか。でも心配だし、いっしょに行こうか？」

リカはルーシーの頭を撫でていた手を止め、僕の目を見る。

「だめだよ。トモは学校でしょ。しかも二次試験が終わるまでは迷惑かけないって決めたの。私、文字苦手だけど場所とか覚えるのは得意なんだ。一回行ったら忘れない。文字だって全然読めないわけじゃないから切符だって買えるし」

人ごみのなかをひとり歩くリカを想像しただけで、僕のほうまで心細くなった。リカはニッと笑い、続ける。

「本当に大丈夫だから心配しないで。だって、私は英雄だから」

リカが戦隊モノのヒーローみたいなポーズをして笑う。無邪気なリカの笑顔を見て、肩の力が抜けていく。

「困ったことがあったら電話して」

「うん、わかった」

明日、リカは「ＲＩＣＣＡ」としてアイリータウンに行く。昨日までツイッターのなかだけに存在していたＲＩＣＣＡが、ずいぶんと実体を持ったように思えた。

翌日、リカからの電話にすぐ気がつけるよう、僕はスマホを肌身離さず持ち歩いた。でも僕が家に帰るまで、一度もスマホが鳴ることはなかった。学校が終わり、帰宅したのは十七時を少しまわったころだった。リカが田中さんと会う予定の十三時からもう四時間が経過している。リカは、大丈夫だろうか。

スマホを勉強机に置き、問題集を開いた。するとその瞬間スマホが震え、画面に「リカ」という文字が映った。

「もしもし、リカ?」慌てて電話に出る。「大丈夫?」

僕が早口にそう言うと、電話口でリカが笑い始めた。

「トモ、心配しすぎだって」リカは楽しそうに笑っている。「小っちゃい子じゃないんだからさ」

「いや、でも……大丈夫だった?」

「うん、全然大丈夫だったよ。ついさっき、家に帰ってきたところ」

「そっか、よかった」

リカが落ち着いて話すのでほっとした。

「困ったことはなにもなかったんだけどね、トモに話したいことがあって、つい電話しちゃった」

リカの声は弾んでいる。

「話したいこと?」

「うん。今話してもいい?」「いいよ」

「あのね……」リカは一呼吸置いて続けた。

「来月、グローリー・ミュージックからデビューしないかって言われた」

「え?」その言葉に僕は少し混乱した。「来月って、二月?」

「来月は二月でしょ。当たり前だよ」

リカは楽しげに笑った。そんなことはわかっている。でも二月にデビューなんていくらなんでも急すぎる。せめてリカが高校を卒業するのを待ってもいいのではないか。あまりにも急な展開に、頭が真っ白になった。

「二月二十五日。『みぎがわ』をちゃんとレコーディングして、デジタルリリースするんだって。ミュージックビデオとかアーティスト写真とかも撮るみたいで、当分は会う時間がなくなっちゃうと思うけど……」

二月二十五日は大学の合格発表の次の日だ。本当だったらその日は僕の合格を祝って——合格すればの話だけれど——、ふたりで思いっきり楽しく過ごせるはずだった。

「そう、なんだ」

「うん。『みぎがわ』が、私たちふたりの曲が、認められたんだよ？　うれしくない？　私、最高の気分だよ」

僕はどんな気分なのだろう。自分でもよくわからない。最高と言い切れないことだけは確かだった。僕は昨日背中に感じたぬくもりと、私の右側はトモじゃないとだめなんだ、というリカの言葉を思い出し、心を落ち着かせた。

「そうだね。僕もうれしい。おめでとう、リカ」

「ありがとう」

この業界は戦場だ。兄貴がそう言っていた。TENDERの炎上も目の当たりにした。これから先、リカにどんなことが待ち受けているのだろうか。僕は「得体の知れないなにか」から、リカを守ることができるのだろうか。

「ねえ、トモ」リカが確かめるように僕の名前を口にする。

「ん？」

「トモ、大好きだよ」

リカは今どんな顔をしているのだろう。さきほどまでささくれだっていた気持ちが嘘のように、心の糸と頬の筋肉が同時にゆるんでいくのを感じた。

「うん、僕も」

大好きだよ。そう続けておけばよかった。


僕は必死でリカのことを考えないようにしながら、勉強に没頭した。スマホの電源はできるだけ切り、音楽も聴かないようにした。二次試験が終わるまで、そしてリカの暮らしが落ち着くまで。そう自分に言い聞かせ、精一杯気を入れて勉強机に向かった。

学校では、私立志望組の受験がぱらぱらと終わっていった。来年度から晴れて大学生になる人。浪人生になる人。不本意ながら滑り止めの大学に進学する人。新たな生活の始まりが少しずつ見えてくるにつれ、「高校生活の終わり」がはっきりとした輪郭《りんかく》を持って僕らの前に姿を現してきた気がした。

受験が終わり勉強をぱったりとやめる者もいれば、僕たち国立志望組にあわせてなんとなく勉強している雰囲気を保ってくれる者もいた。翔太はそのふたつのどちらでもなく、志望校の合格が決まったあとも熱心に勉強を続けていた。二月も二週目に入り、学校の時間が短縮されると、いっしょに図書館に行って勉強したりもした。翔太は僕の事情を知らないし、勉強を続けていたのだって決して僕たちのためなんかじゃない。花村さんに先日の試験の点数で負けたのが悔しかったからだという。翔太と花村さんは恋人同士という関係を解消したあとも連絡をとりあい、不思議な関係を保っていた。その微妙な距離感は本人たちにしか理解できないものだったと思う。なにはともあれ、僕は翔太にかなり救われた。僕の単調な生活のなかで、翔太との時間だけがわずかに色を持っていた。

　そうして僕はなんとか二次試験で合格点をとった。

　合格発表の日の夕方、家に帰るとだれもいなかった。暖房をつけて自室のベッドに倒れこみ、合格したよ、と両親に向けてＬＩＮＥを送った。続いて兄貴にも同じように送ったあと、リカに電話をかけるかどうか考えた。

　明日、『みぎがわ』が配信される。

　ＴＥＮＤＥＲの『ここから』が配信されたときのことを思い出す。兄貴はそのことを誇らしげに話していた。兄貴たちが八年かかってやっと漕《こ》ぎつけたその場所に、リカはたった一本の動画だけで辿り着いてしまった。

　広い世界へ羽ばたいていく者。

地上を這《は》いまわる者。

地底に沈んで忘れられていく者。

そういう者たちが入り乱れる戦場に、リカは飛びこんでいくのだ。

今ごろリカは忙しくしているのだろう。でも今日は僕の大学合格が決まった日だ。僕には電話をかける権利がある。はずだ。

迷った末、僕はリカに電話をかけた。

しばらく鳴り続けた呼び出し音がぷつりと切れる。リカが出たのかと思ったけれど、そのあとに続いたのは「現在電話に出ることができません」という機械的な声だった。

通話ボタンを再び押し、布団に顔を埋めた。できるだけなにも考えないように、頭のなかで一から順に数字を数えてみる。すると五十を超えたあたりで急激に睡魔が襲ってきた。昼間の合格発表で気を張っていたからだろうか。僕はそのまま眠ってしまった。


握ったままだったスマホが震えて目が覚める。窓の外はもう暗くなっていた。まぶしいほどに白く光るスマホの画面を見る。リカからの着信だ。

僕は慌てて電話に出た。「リカ?」

「トモ、本当にごめんね。電話出られなくて」

リカの明るい声が心に流れこんでくる。その声を聞いただけで、僕の世界が一瞬にして色彩を取り戻したように感じた。

「いや、こっちこそ忙しいときにかけちゃってごめん」

「ううん、全然大丈夫。そんなことよりトモ、合格発表今日だったんだよね？」

「ああ、うん」

「どうだった……？」

リカは様子をうかがうような口調で訊ねてくる。

「合格したよ」僕はただ事実だけを伝えた。

「……ほんとに⁉」リカは彼女の明るい笑顔をそのまま音にしたような声ではしゃぐ。「トモ、おめでとう！」

「ありがとう」

僕はそっけなく答えた。ここ最近は勉強ばかりしていたので、うまく気持ちを言葉に乗せることができなかった。

「なになにー？　元気なくない？　もっと喜んでもいいんじゃないのー？」

リカがおどけた調子で言う。

その瞬間、僕は重要なことに気がついた。リカはもう駅前のミュージックカフェで働かない。僕がどうしても志望校に合格しなければいけなかった理由は、とうに消え去っていたのだ。どうして今まで気がつかなかったのだろう。

「いや……」僕がその事実に唖然《あぜん》としていると、

「もしかして、私の進路が変わったから受かっても意味がないとか思ってる？」とリカは僕の気持ちを言い当ててきた。

「……うん、そう」

「そのことなら安心して。デビューするからって急にすっごく有名になったり、急に世界が変わったりするわけじゃないんだからさ。あの家にはお母さんもいるし、当分は引っ越さないつもりだから」

「えっ、そうなの？」

「うん。それに」リカは少し間をおいて、自分の言葉を確認するように言った。「私はどこにも行かないって、言ったでしょ？」

目を瞑ると、ニッと笑うあの笑顔が浮かんできた。たまらなく、リカに会いたい。

「そうだった」

「私たちの未来はときめきに満ちてるよ。だからさ、もっと喜ぼうよ。いっしょに」

「うん、そうだね。そうしよう」

僕が抑揚《よくよう》のない声で言うと、はあー、とリカがおおげさにため息をついた。

「まったく、トモは冷めてるなあ。次会ったら胴上げでもしてあげるよ」

リカは僕を励ますように言った。合格を報告しているのに励まされるだなんて、なんだかおかしな話ではあるけれど。

「できるなら、頼むよ」

僕たちはいつものように笑い合った。

僕たちはいつも通りだ。なにも変わってなんかいない。

「あ、ちょっと待ってて」

リカはそう言って、電話口でなにやらごそごそとやり始めた。電話の向こうでだれかと話しているようだった。雑音と、内容を聞き取ることのできない話し声を、僕はしばらく聞いていた。

「ごめんトモ。今ちょっと明日のことでばたばたしてて。一回切って、またあとでかけるね」

リカは僕の返答を待たずに電話を切った。ツー、ツー、という電子音が耳に冷たい。

――明日のことで。

その「明日のこと」を少しでもリカと話したかった。『みぎがわ』が迎える明日のこと、そしてリカが、RICCAが迎える明日のことについて、僕はまだなにも聞いていなかったから。

電話を待つあいだ、リカとの「ときめきに満ちた未来」を想像してみたりした。もう制服を着ていない僕らは、どんな場所で、どんな会話をするのだろうか。リカの隣で彼女の歌を聴くのもいい。手をつないでデートに行くのもいいかもしれない。そんなことを考えているだけでも幸せな気持ちになったので、待つ時間も案外悪くないと思った。

でも結局、「明日」を迎えるまでに電話がかかってくることはなかった。

翌朝学校へ行くと、教室の空気はゆるみきっていた。今まであれほど張りつめていたのが嘘のようだ。窓からは冬の太陽光が控えめに降り注ぎ、教室をほのかにあたためていた。

昨日の合格発表で、クラス全員が今年度の受験を終えた。それぞれが約一年間担ぎ続けた「受験生」という重たい看板を下ろし、くつろいでいた。受験を終えた僕たちはもう卒業を待つばかりだった。やることも特にないのだろう、授業は午前中だけになった。

家に着いたのは、昼の十二時を回る少し前だった。僕が帰宅するとすぐに、『みぎがわ』はストリーミングサイトで配信された。僕が撮った動画で歌っていた『みぎがわ』を編曲したものだった。もともとリカの声とギターの音だけで成り立っていたその曲は、様々な装飾をされて立派な楽曲に仕上がっていた。でも僕は、元の『みぎがわ』のほうがはるかに好きだと思った。

曲の配信と同時にミュージックビデオも公開された。夕焼け空の下でＲＩＣＣＡがギターを弾きながら歌っている姿を、様々な角度から映した映像だった。画面に映るリカは、セーラー服を着ていない。うっすらと化粧もされているようだ。一般的に見ればリカはかわいく映っていたし、景色も綺麗で心を打つ映像だったのかもしれない。けれど、僕にとっては味気ないものに見えた。動画のなかで歌っている女の子は、リカというひとりの人間ではなく、「ＲＩＣＣＡ」として作られたキャラクターのように感じられたからだ。

そのミュージックビデオを何回か見たあと、ツイッターを開いた。

僕のもやがかかったような気持ちをよそに、『みぎがわ』はすでに話題の曲となっていた。ネット上には、『みぎがわ』に関するいろいろな感想――もちろん肯定的なものばかりではない――が溢れていた。

リカの歌唱力や声、そして『みぎがわ』という曲に対して、様々な意見があることには納得できた。批評のない芸術なんて、きっとこの世にない。

でも、リカの容姿やデビューまでの経緯、推測の人格などに関する声は、僕にとっては到底受け入れがたいものだった。

《JK最強〜!》
《かわいいな〜》
《って、いうほどかわいくないよねwww》
《めっちゃ性格よさそう》
《いやいや、性格悪いよ絶対》

……………。

あなたたちはリカのなにを知っているのか? と、ひとりひとり問い詰めたくなってくる。でもよく考えれば、この人たちはリカのことを見ていない。彼らが見ているのは、RICCAだ。

ツイッターには『みぎがわ』で歌われている人、つまり「RICCAの恋人」のことを噂《うわさ》する声も上がっていた。

《絶対、彼氏のことを歌ってるんだよ》
《彼氏ブサイクだったらもうみぎがわ聴けないわwww》
《みんなのRICCAに彼氏なんていないはず》
《いたとしてもすぐ捨てられんだろうなぁ。かわいそー(笑)》
《彼氏じゃないとしたらあの動画はだれが撮ったんだ?》
《友だちだろ》

《そそもあの動画自体、グローリーが仕込んだものだったんじゃないの？》

様々な憶測が飛び交《か》う。でも事実が明るみに出ることはないだろう。僕たちの関係や『みぎがわ』ができた経緯を知る者は、自分たち以外にいない。

意味のない憶測の連鎖のなかには、事実なんてほとんどなかった。

しかし画面をスクロールさせていくと、急に正しい情報が目に飛びこんできたので、僕は目を疑った。それはそんなところにあるはずのない、あってはいけない情報だった。

「ＲＩＣＣＡの家」というツイート。グーグルマップが添付されている。地図を拡大してみると、それは間違いなく僕たちが住む街の地図で、リカの家があるところに赤いピンが置かれていた。以前、夕焼けロードのあの場所が特定されたときと同じだ。今回はご丁寧に住所もしっかりと記載されている。どうにかしなくてはと思い、投稿者のアカウントページに飛んでみると、「アカウントが削除されました」という文字が表示された。さきほどのツイートもどこにも見当たらない。すぐに削除されたのだ、と一瞬安堵した。でもすぐに、ネットに一度流れた情報はもう取り戻せないという当たり前のことに気がつき、頭を抱えた。どうすればいいんだよ。いてもたってもいられず、リカの家へと自転車を走らせた。

結局、リカの家にはだれもいなかった。不審な人間もいない。僕はどうしたらいいのかわからないまま、自宅に戻った。夕焼けロードに向かおうかとも思ったけれど、やめた。

その日から、放課後にリカの家を見に行くようになった。なにも変わったことはなかったので、あのツイートは僕の勘違いだったのかもしれない、本気でそう思い始めていた。リカにこのことを知らせようかとも思ったけれど、僕はリカに電話をかけることができなかった。リカの姿は今や地上波にも映るようになっていた。朝の情報番組で『みぎがわ』のミュージックビデオが流れているのを見たこともある。ついこの前までいっしょにいた僕たちは、もはや「身分」が違いすぎる。

僕の隣にいた「リカ」と、画面に映る「RICCA」を、いっしょくたにして考えることはできなかった。でもリカとRICCAが同一人物であることは、何度考え直してもどうしようもなく事実だった。僕は画面に映る彼女の姿を呆然と眺めながら、日々を過ごした。

状況が変わったのは、問題のツイートから一週間ほど経ったころだった。その日、僕はいつものようにリカの家の様子を見に行った。するといつもと様子が明らかに違う。家財を乗せた小型のトラックが家の前に停まっていて、ちょうど出発するところだったのだ。荷台の家財には布がかけてあったけれど、ところどころむき出しになっていて、居間のちゃぶ台も布の隙間からのぞいていた。兄貴のエレキギターがケースに入れられて積んであるのも見えた。

リカの住所を示す投稿が原因だろうか。きっとそうだ。僕の見間違いではなかったのだ。それにしても、連絡もなしに引っ越してしまうだなんて——。リカが忙しいのは理解しているけれど、納得はいかなかった。

僕はトラックが走り去るのをただ眺めていた。そのトラックが、リカの家で過ごした思い出までをもまとめて持ち去ってしまうようで、胸が痛んだ。

苦い思いを引きずりながら家に帰り、ベッドに倒れこんだ。スマホでＲＩＣＣＡについて書かれたネットニュースの記事を読む。ツイッターから新進気鋭の歌姫が登場！　突如現れた謎の女子高生の正体は？　天才シンガーＲＩＣＣＡは新時代を作るのか……。ここぞとばかりにリカの才能をもてはやす、安っぽい記事ばかりだ。しばらく読むと嫌になり、スマホを放り出してベッドに突っ伏した。リカに電話をかけることは、やはりできなかった。

引っ越しのことについてリカに連絡をとらないまま三日が経ち、日曜日がやってきた。僕が高校生として過ごす最後の日曜日だ。スマホには「(日)」の文字が表示されているけれど、もうあの家に行くことはない。

僕は部屋にこもり、スマホで『みぎがわ』の動画を見ていた。自分のツイッターでブックマークしてある、僕が撮った本物の『みぎがわ』だ。この動画はもう数えきれないほど見たけれど、何度見ても飽きない。何度も同じように、歌う「リカ」の姿に目を奪われ、その声に感動した。

少ししてスマホが急に着信画面に切り替わった。呼び出し音も鳴らないうちに反射的に電話に出てしまったけれど、画面に表示された「リカ」の文字はしっかりと目がとらえていた。

「あ……もしもし」

スマホからはどのような声も流れてこない。

「リカ？　どうしたの？」

何度か呼びかけてみたけれど、電話の向こうでは沈黙が続いていた。間違えてかけただけかも

しれない。そう思い、電話を切ろうとしたそのとき、

「トモ」と、か細い声が僕の名前を呼んだ。

今にも消えてしまいそうなほど儚い声だ。不安げに眉を寄せたリカの顔が目に浮かぶ。

「リカ、大丈夫？」

「うん、大丈夫」気を取り直したように、リカの声が明るく張りのあるものになる。「久しぶりになっちゃってごめんね」

リカの声はいつも通りのようで、でもどこか取り繕《つくろ》っているようにも聞こえた。

「私、都内に引っ越したの。急にあの家に住めなくなる事情ができて。だからもうそっちには帰らない」

そういう大切なことは引っ越す前に言ってほしかった。口には出さず、心のなかだけでつぶやく。

「言ってなくてごめんね」

「ううん、別にいいよ」

僕たちはお互いに黙りこんだ。気まずい沈黙が流れる。その沈黙を破ったのは、リカのやけに芯《しん》のある声だった。

「トモ、私、一度会って話がしたい。でも私は今、外で簡単に人と会ったりできる状況じゃないから、グローリー・ミュージックの本社に来てほしいの」

外で簡単に人と会えない。

パパラッチ的なあれか？　と、兄貴が言いそうな冗談で笑い飛ばすことは、僕にはできなかった。

「……わかった。いつ行けばいい？」

「トモ、卒業式いつ？」

「今度の水曜日」

「じゃあ、木曜日の三時は？」

「大丈夫だよ」

「場所わかるよね？」

「アイリータウンの二十三階」

「うん。受付についたら私の名前言って。あ、リカじゃなくて、ＲＩＣＣＡね」

「……わかった」

「待ってるね。じゃあ、また木曜日に」

「うん、また」

淡々とした会話のあと、ぷつりと電話が切れた。なんの余韻も残らなかった。

卒業式の次の日に、僕はリカに会う。その約束だけが残されていた。


冷えた体育館の高い天井。

校長先生の長い話。

花村さんがはきはきと読み上げた答辞。

『仰げば尊し』や、そこまで愛着のない校歌。

体育館に響き渡るひとりひとりの苗字《みょうじ》と名前。

僕たちは今日、三年間の高校生活を終える。

三年も同じ建物で過ごしてきたはずなのに、あまりにも知らない名前がたくさんあることに驚いた。加えて、生徒代表が花村さんだったことにも驚いた。四月から北海道で獣医師になるための勉強を始める花村さんは、まるで朝のニュースを読むキャスターみたいに凜然《りんぜん》と言葉を並べていった。彼女は答辞のなかで、「三年間で出会ったすべての感情を大切に抱いて、未来へ進んでいこうと思います」と述べた。僕の隣でそれを聞いていた翔太は、泣き笑いのような表情を浮かべていた。誇らしさのなかに切なさを含んだような翔太の顔を見て、僕は不覚にも泣いてしまいそうになった。

体育館での儀式が終わり教室に戻ると、たいして話したこともない女子たちが、いっしょに写真を撮ろうと言ってきた。断る理由もないので、彼女たちと並んで感情のないVサインをスマホのカメラに向けた。どうせあとあと消される写真を大量に撮る、意味のない撮影タイムが落ち着くと、僕と翔太は窓際の席に腰を下ろした。

「智也、実は俺、お前と離れるのが寂しい」

翔太は卒業証書の入った黒い筒で、机のへりをトントンと叩きながら言う。

「なんだよ急に」

「お前といろいろ話せて楽しかった」

「いやいや怖いって。いきなりなんなんだ」

「最後くらい、素直になろうぜ」

翔太が僕の肩をポンと叩く。

「本当に、智也と友だちになれてよかったと思ってるよ」

いつかどこかで聞いたことのあるような台詞だな、と思う。

「まあ、それは僕もだけど」

「おお、心の友よ」

そう言って翔太が肩を組んできた。これも聞いたことがある台詞だ。

「ジャイアンかよ」と、僕は笑う。

「どちらかと言うと俺は出木杉《できすぎ》くんだな」翔太も笑っている。

こんなやりとりも今日で最後だ。翔太は来週には都内の下宿先に引っ越すことになっている。

僕にとって学校はさほど思い入れのある場所でもなかった。けれど、もうここにこうして座ることは二度とない。そう考えると、急に居場所をなくしてしまうかのように心もとない気持ちになった。日常というのは、過ぎ去ってこそ大切に思えるものなのかもしれない。

「落ち着いたらこっちにも遊びに来いよ」

翔太が言う。家族の元で暮らしてきた子どもが、知人すらいない場所で生活を始める。それはぐっと大人に近づくことのように思えた。

「たぶん僕はずっと落ち着いてるよ」

僕は大学生になってもこの街に残る。特別環境が変わるということもない。なんだか置いてきぼりにされてしまうような気がした。自分だけが大人への一歩を踏み出せないような、そんな気持ちだ。

「大学生になったらだれでも忙しくなるんだって。とにかく、落ち着いたら会おうな」

「うん、わかった」

おそらく翔太は長いあいだ落ち着かないのだろうな、と思った。下手したら四年間を落ち着かないまま終える可能性だってある。翔太はそういう奴だ。

「泉、かっこよかったな」

翔太は椅子《いす》の背もたれに寄りかかり、思いを巡らせるように教室の天井を見上げた。

「うん。これからを生きる女性の象徴、みたいな感じだった」

だよな、と翔太が窓の外を見る。「ああ、まったく惜しいことしたよなあ」

校庭の桜は五分咲きだ。まだ開いていないつぼみたちは、僕らと同じように未来に思いを馳せているのかもしれない。

「泉を失ってまで手に入れようとしている未来は、どんなものなんだろうな」

なにかと引き換えにほかのなにかを手に入れたとき、代償の大きさについて考えてしまう。翔太のように自ら「切り捨てた」のであればなおさらだろう。決して外からは見えないように隠されている、翔太の心の傷を想像してしまう。

「すばらしいに決まってるだろ」

僕は確信を持って答えた。翔太ならどのような形であれ、すばらしい未来をつかみとるはずだ。僕はそれを断言できる。僕の言葉を聞いて、翔太は微笑んだ。その笑顔がやたらと大人びて見えて、僕はいっそう置いていかれてしまうような気持ちになった。

「サンキュー、心の友よ」

高校三年間で手に入れたものにたいしたものはない。ほんの少しの思い出。日常生活で使うことはないであろう大量の知識。数年で名前も忘れてしまいそうなクラスメイト。

でも、翔太とのこの友情だけは得難いものなのだろうと思う。

目の前に座っている「心の友」との出会いに、僕は心から感謝した。

⁂

昼下がりのアイリータウン東京は大変賑わっていた。これがまったくの平日だというのだから信じられない。アイリータウンは一階に飲食店、二階から五階にアパレルショップや雑貨店などが入った商業施設だ。六階以上がオフィスフロアで、二十三階全体がグローリー・ミュージックの本社になっている。

今朝は早くに目が覚めてしまった。家にいても落ち着かなかったので、予定していた時間になるのを待たずに家を出た。約束の十五時まではまだ二時間近くある。僕はアイリータウンを散策してみることにした。入り口でもらったフロアマップを見ながら歩いていると、この姿はお上りさんそのものに見えるだろうと急に恥ずかしくなり、慌ててジーンズのポケットにしまった。

少し先の雑貨屋で、僕と同じくらいの年齢の女の子が、母親らしき人といっしょに新しい家具を選んでいる。新生活を想定したふたりの会話は、これからの生活への期待に溢れていた。

春。いたるところで新しい日々が始まる。それは同時に、いたるところで今までの生活が終わるということも意味している。

――「始まり」と「終わり」。

昨日からそのふたつの言葉が頭のなかをぐるぐると回っている。

「私の右側はトモじゃないとだめなんだよ」

リカの言葉を何度も反芻《はんすう》して、必死で不安をかき消した。

一階の飲食店街で最も手頃そうなカフェに入り、カフェオレとサンドウィッチを注文する。それらを身体に流しこんだあと、イヤフォンをつけてツイッターのブックマークを開き、『みぎがわ』の動画を再生した。小さなスマホの画面にあの日のリカが映る。イヤフォンから流れてくるそのメロディーは、リカと過ごしてきた日々を思い出させた。

彼女が突然川原に現れた春。

「リカ」という名前を知った夏。

はじめて手をつないで歩いた秋。

『みぎがわ』を僕に贈ってくれた冬。

そして今、再び巡ってきた新しい春の始まりに、僕たちはアイリータウンにいる。空になったマグカップの底を見つめながら、過去の選択と今日の存在の関係性に思いを馳せた。

『みぎがわ』を何度も再生しているうちに、約束の十五時が近づいてきた。僕は席を立ち会計を済ませ、二十三階へと向かった。

高層ビルのエレベーターはとてつもなく速い。ぐんぐんと高度が上がっていく感覚に少し怖くなったくらいだ。

エレベーターの扉が開き、グローリー・ミュージックの受付が目に飛びこんでくる。カウンター越しに座っている女性が、「こんにちは」と座ったまま丁寧にお辞儀をした。

「あ……こんにちは。あの、僕、リカの……友人、なのですが」

しどろもどろになりながら説明する。

「はい？」

彼女の怪訝そうな顔を見て、自分の間違いに気がついた。「あ、ＲＩＣＣＡの」

「ああ、ＲＩＣＣＡさんの。お名前を教えてください」

僕が自分の名前を伝えると、彼女は「確認しますので少々お待ちください」と言い、カウンター内の電話を耳に当てた。

「お疲れ様です。ＲＩＣＣＡさんのご友人だとおっしゃるタカハシさんという方がいらしています……はい、そうです……わかりました。お通しします」

彼女は電話を切り、ご案内します、と席を立った。

「こちらへどうぞ」

案内されたのは、僕の部屋より少し広いくらいの殺風景な部屋だった。四人掛けのテーブルセットとホワイトボードが置かれている。入り口のドアには「会議室B」と書かれていた。

「おかけになってお待ちください」

事務的にそう言われ、僕は会議室にひとりきりになった。言われたままに、四人掛けテーブルに腰掛ける。手持無沙汰《てもちぶさた》になり、ポケットからアイリータウンのフロアマップを取り出して、「A」の欄から順に店の名前を読み始めた。するとすぐに、ドアがノックされた。はい、と小さく返事をすると、ドアがゆっくりと開いた。

リカではない。ＲＩＣＣＡだ。

久しぶりに会うリカの姿を見て、直感的にそう思った。

「トモ、久しぶり」

リカは心なしか少し苦い笑顔を浮かべている。オーバーサイズの白いニットに黒いスキニーパンツ。首には「関係者」と書かれた札と、見慣れたスマホを下げていた。目の前に現れたリカは、画面のなかにいたＲＩＣＣＡそのものだった。僕の隣にいたリカと同じなのは、まっすぐに切りそろえられた前髪と猫みたいな目だけだと思った。

「久しぶり」

なんとかその一言を絞り出した。トモ、と呼ばれること自体が久しぶりだ。リカのほかに僕のことをそう呼ぶ人はいない。

リカはテーブルをはさんで僕の向かい側に座った。

「来てくれてありがとう」

「うん」

「改めて、大学合格おめでとう」

「うん」

僕もなにか言わなくては、と思い、「リカもデビューおめでとう」と言ってみる。

「ありがとう」リカは机に置かれたフロアマップを見ながら言う。

「すごいね、『みぎがわ』」

「うん……」

リカの視線はフロアマップに向けられたままだ。僕がどんな言葉を続けるべきか考えていると、リカが先に口を開いた。

「やっぱり私、天才だったみたい」

そう言って僕の顔を見たリカは、違和感のある笑みを浮かべている。笑うと三日月形に細くなるはずの彼女の目は、不自然に見開かれたままだった。目だけが笑っていない。

「相変わらずだな」

僕はいつも通りの会話をしようとした。いつもならばリカが「てんさーい！」なんて言いながらはしゃぎ、僕はそれを見て笑う——。

「そう。だからさ、私と別れてほしいんだよね」

リカの冷たい声が会議室に響く。思い出のなかにあるふたりの笑い声のかわりに、耳をふさぎたくなる言葉がこだました。

「え？」

なにが起きたのかわからず、でもなにが起きたのか完全に理解もしていて、視界ががくんと揺れた。こんなにも無機質な部屋にいる僕たちが「いつも通り」だなんて、そんなはずはなかったのだ。

すかさずリカが続ける。

「私、まさかこんなにうまくいくとは思ってなくて。自分が思ってた以上に天才だったっていうか……トモとは住む世界が違うのかなあって。そうそうこの業界、すごい人たくさんいてさ。トモと付き合ってる場合じゃないなって思ったんだよね」

ははは、とリカが乾いた笑い声をあげた。「だからさ、ごめん」

「待てよ、リカ。嘘だろ？」

リカは眉を寄せて、意志のこもった目で僕を見ている。そして静かにかぶりを振った。「嘘じゃないよ」

「だってトモ、普通じゃん。私には……ＲＩＣＣＡには、釣り合わないよ」

今日が終わりの日になるのではないかという予感はあった。でもこんなにも冷たく、見下したような言葉を浴びせられるだなんて、予想もしていなかった。リカは絶対にこんなことを言う人間じゃない。

「リカ、なんで……」

別れを告げられたことよりも、僕の知っているリカが失われてしまったことがショックだった。

「なんで、もなにもないよ。立場が変われば人は変わるんだよ。今までありがと、楽しかったよ。トモもさっさといい人見つけなよね。私みたいなのじゃなくて、もっと普通で、いい人」

リカは一方的に言葉を浴びせてくる。

「ちょっと待てよ……」

「もう、必要ないの」

「え？」

「私にはトモが必要ないの、必要なくなったんだよ」

僕の正気を保っていた一本の細い糸がぷつりと切れた。腹の底から悲しみに満ちた怒りがこみあげてくる。

「あ、そうだ。そんなことよりさ、あのエレキギターどうすればいい？」

リカはあっけらかんと言う。

「……れよ……」

僕は膝の上で自分の手をできるかぎり強い力で握り、感情を抑えながら声にならない声で答える。

「なに？」リカが聞き返してくる。

「……送れよ。もう二度と会わない」

僕はリュックからボールペンを取り出し、テーブルに置かれたフロアマップの余白部分に自分の住所を書き殴った。それをぐしゃぐしゃにして、リカ……ではない、ＲＩＣＣＡに投げつけて席を立つ。ゴミのようになったフロアマップはかさりと音を立てリカの腕に当たり、床に転がった。リカは口を薄く開いて僕を見ている。

リカの首に下げられているスマホに目が行く。

「僕の連絡先、消して」

「……あ、うん。もちろん、あとで」

「今」

「え？」

「今、消して」

「あ、うん……」

リカはスマホを操作し始める。連絡先を消すというそんな簡単な操作でさえも、文字が苦手なリカにとっては難しいことを知っていたのに、僕は手を貸さなかった。

だって、僕のことはもう必要ないんだろ。

リカがぎこちない手つきでスマホを操作している。しばらくして僕は結局、「僕が消すから貸して」と右手を出した。リカが首から外したスマホを受け取り、自分に関する情報を消した。

「できた」

そう言ってリカにスマホを返すと、彼女は静かにうなずいた。

目の前で僕の情報を消してほしかったのは、もうリカを待ちたくないからだ。少しでも可能性があったなら、僕はいつまでもリカが戻ってくる日を待ってしまうだろう。

僕が部屋を出ようとすると、

「さよなら」

と、小さな声が聞こえた。囁くような、それでいてよく通る声。リカの鼻歌をはじめて聴いたときのことを思い出してしまい、胸がつぶれそうになった。

僕は振り返らずに会議室を出た。

さよなら、と言ったリカの声は少し震えていた。それに気がつきながらも、その理由について考えることはあえて避けた。余計なことを考えれば、今すぐリカの手を引いて、無理にでもこの建物の外へと連れ出してしまいそうだったからだ。僕はただ「怒り」という感情のみに意識を集中させた。このときの僕にとっては、それが自分を保つためにできる精一杯の努力だった。


「夕焼け小焼け」という言葉がある。

「小焼け」の意味を調べてみたけれど、どうやらなんの意味もないみたいだ。「なかよしこよし」の「こよし」なんかと同じように、語調を合わせるためにつけられているだけらしい。

リカから別れを告げられたあの日から、五年が経とうとしている。

あの日、僕はどうやって家に帰ったのかを覚えていない。さらにいえば、それから大学が始まるまでの一ヵ月間をどのように過ごしたのか、も。唯一覚えているのは、兄貴のエレキギターが郵送されてきたことだけだった。差出人の名前はリカではなく、「株式会社 グローリー・ミュージック」となっていた。僕はなにごともなかったかのように、兄貴のギターを元あった場所に飾った。僕の部屋はまた少しだけおしゃれになった。

地元の大学の文学部に通った四年間は、まるで「小焼け」みたいに意味がなかったように思う。社会人になった今だって同じだ。リカのいた日々が「夕焼け」だとしたら、あの日以降のすべての出来事は「小焼け」だ。

大学では数人の友人ができたし、それなりの卒業論文を書いたし、公務員試験の勉強もした。さほど好きでもない女の子と手をつないで街を歩いたりもした。でもそれらに特に意味らしきものはない。歳月という名のベルトコンベアーにのって、ただただ流れてきたような感じだ。そうやって僕は大学を卒業して、地元の市役所の職員になった。

「音楽関係の会社で働いている」らしい兄貴は、まるで電話をよこしてこなかった。はじめての会社員という立場に心底疲れているのだろう。兄貴が仕事に慣れて落ち着くまでは電話をかけるのはやめておこう。そんなことを考えているうちに、気づけば五年という膨大な月日が経とうとしていた。この間、僕と兄貴が電話で話すことはなかったけれど、月一回「生きてる」というLINEが送られてきて、「こっちも」という返信をするやりとりだけはかかさず続いていた。就職が決まったときも、僕は「市役所で働くことになった」と簡単にLINEで報告した。「おめでとう。実家から通うのか?」という返信に、そうだと答えた。すると「がんばれよ」という毒にも薬にもならないような言葉が送られてきたので、「兄貴も」と返信した。

四年の大学生活のあいだ、翔太とはやはり一度も会わなかった。卒業間近になって、翔太は大手の新聞社に就職が決まったと風の便りで聞いた。翔太があのころ思い描いていた未来をつかめたことを、心からうれしく思った。

そしてリカは、ＲＩＣＣＡとして着々と英雄への階段を駆け上がっていた。デビューから五年が経とうとしている今、ＣＤショップにはＲＩＣＣＡのポスターがたくさん貼られるようになっていたし、街中では彼女の曲がよく流れるようになった。聴きたくないし、見たくもない。でも、ネットやテレビ、街中にはＲＩＣＣＡに関する情報が溢れていた。僕はそのような情報にぶつかるのを避けるために、テレビでは最低限のニュースをチェックするだけにし、ＳＮＳはすべてやめた。

とはいえ、すべての情報を遮断するのは難しい。ＲＩＣＣＡの映像や写真をふいに目にしてしまうと、リカと過ごしたあの四季がすべて夢だったかのように思えてくる。かたや、今をときめくシンガーソングライターＲＩＣＣＡ。かたや、あまりにも普通でありふれているこの僕。このふたりが恋人だったなんて、恋愛小説のシチュエーションだとしてもちょっと無理がある。客観的にその事実を証明してくれる人もいない。僕は自分たちの関係についてだれにも話さなかったからだ。兄貴だけには話したけれど、あのとき話した「リカ」という女の子が「ＲＩＣＣＡ」だとは到底思わないだろう。リカという名前すらもう忘れているかもしれない。だから僕とＲＩＣＣＡを結び付けられる人は、僕とリカ以外にいないのだ。

でも僕たちの時間は、たしかに存在していた。

リカと出逢う前の僕も、リカといたときの僕も、リカを失ったあとの僕も、はたから見れば同じように見えるのだろう。でも僕からすれば、それらは絶対に同じではない。リカと過ごした日々は、僕の心にはっきりとした痕跡を残した。その痕跡は今では大きな傷となり、心の奥にしまいこまれている。痛むこともあるけれど、隠しておけばだれからも指摘されることはないし、自分でさえも知らないふりをできるようになる。しかし、どんなに隠してもその傷が本当に消えることはない。むしろ隠されて外気に触れないぶん、かなり綺麗な状態で保存される。夕焼けを見たときにとてつもなく切なく、悲しくなるのに、その理由はまるでわからない。わからない「ふり」をしているだけなのだけれど、全力で「ふり」をしてしまえば本当にわからないと思える。人間とはそんなものだ。しかしその反面、「ふり」をしている自分に気がついたときには途方もなく沈んでしまう。人間とは、そんなものでもある。

僕は「ふり」をしたり、それに気がついて沈んだり、そんなことを繰り返して時が過ぎていくのを待った。消えようもない傷を押しこめながら、なんともない顔をして単調な大学生活を送り、あっという間に社会人になった。

市役所の職員として働き始めてから一年が経とうとしている。僕は日々、窓口で住民票や戸籍謄本の発行をしていた。たくさんの印鑑を押して、知らない人の知らない住所が書かれた紙を、いかにも重要な書類であるというような感じで丁寧に渡した。

今年もまた三月がやってきた。この月がくるのを僕は毎年恐れていた。五年前の三月、僕とリカの時間が突然終わった。ふいに感じる春の気配は、あのときの絶望を思い出させる。去年までの僕は、大学の図書館にこもり続けてこの月をやり過ごした。でも仕事がある今年はそうもいかない。僕は心の傷をさすりながら、毎日印鑑を押して、住民票を発行した。

仕事を終えて家に帰ると、きまってベッドのなかで考えこんだ。

意味はないけれど続いていく。そんな日々のなかで、僕はなにを思えばいいのだろう。僕はまだリカのことが好きなのだろうか。あのころの関係に戻りたいと思っているのだろうか——。

たぶん、今の僕の気持ちはそういうものではない。「未練」なんて言葉で片づけることはできない。リカは「RICCA」になってしまった。あのころ僕の隣にいたリカという女の子は、もうどこにも存在していないのだ。

「ふり」をしていることに気がついていない「ふり」をして、なんとか仕事をやり過ごす。普段の何倍もの疲労を感じ、帰宅後すぐにベッドに身体を沈める日々が二週間ほど続いた。

そんなふうにして三月も半ばを過ぎたある日、仕事から帰り、自宅のポストを確認すると、A4サイズの茶封筒が入っていた。暗いなか目を凝《こ》らしてみると、僕の名前が大きく印刷されているのがわかった。僕宛《あ》ての郵便物だ。裏を返して送り主を確認しようとしたけれど、暗いうえに文字が小さくてよく見えない。どうやら本のようなものが入っているようだ。ネットで本を購入した覚えはなく不審に思ったけれど、とりあえずそれを持って自室に上がった。

部屋の電気をつけ、改めて送り主を確認する。そこには久しぶりに見る会社の名前が書かれていた。僕はそれを声に出して読んでみた。

「株式会社グローリー・ミュージック」

この文字の並びをまじまじと目にするのは、兄貴のギターが送られてきたとき以来だった。その社名を見て、リカのスマホから流れたはきはきとした女性の声や、本社の受付にいた女の人の顔を思い出した。そしてあの無機質な会議室での出来事も。

封筒を持つ手が一気に冷たくなった気がした。まばたきを忘れ、目が乾く。衝撃のあまり封筒を床に落としそうになったけれど、その前に僕が床に座りこんだ。

封を開けるべきだろうか。印刷された自分の名前と送り主の会社の名前を交互に眺めながら、しばらく悩んでいた。

それにしても、グローリー・ミュージックから僕になんの用があるというのだろう。

真っ先に思いついたのは、『みぎがわ』の動画のことだった。あの動画を撮ったのが僕だということが、なにかしらの問題になっているのだろうか。でも、今更？

あらゆる可能性を考えたけれどまったく見当がつかず、結局机の引き出しからハサミを出して封を切った。雑誌が入っている。それを引っ張り出すと、「ＲＩＣＣＡのすべて『みぎがわ』から『終わらないラブソング』までの軌跡　～ＲＩＣＣＡが語る、ここにしかない衝撃の真実～」という表題が目に入った。ＲＩＣＣＡについての大きな特集が組まれている音楽雑誌だということは、一瞬にして理解できた。

僕はその雑誌のページをおそるおそるめくっていった。

冷たい床の温度をはっきりと背中に感じる。冷蔵庫の前で一気に飲み干したビールは、少しも僕を酔わせてはくれなかった。きつく閉じていた目をゆっくりと開け、さきほどゴミ箱に放りこんだ雑誌を横目に考えた。

いったいなんのためにこの雑誌が送られてきたのだろう。僕とＲＩＣＣＡを結びつけられる人はいないはずなのに……。

兄貴のエレキギターのことを思い出す。あのとき、僕は自分の住所を書き殴ってリカに渡した。あのフロアマップをリカがまだ持っていた？　だとしたら、この雑誌を僕に送ってきたのはリカなのだろうか。いや、でも思い出を晒《さら》すような記事をわざわざ、それも「吹っ切れた」その相手である僕に送ってくるだろうか？

続きを読めば、その答えがわかるのかもしれない。

そう思った僕は、雑誌をゴミ箱から拾い上げた。新しいページを開くと、折りたたまれた一枚の白い紙が挟まっていた。その紙を開いてみる。それは手紙だった。はがきサイズの紙にぎっしりと文字が書かれている。リカは手紙を書かないはずだ。

それではいったい、この手紙の主はだれなのだ。

智也へ、と書かれた一行目を見てピンときた。内容をすっとばし、いちばん下に書かれている名前を見ると、思った通りの名前が書いてあった。
高橋　豪《ごう》。
それは、僕の兄貴の名前だ。

「あ、そうか。さすがにまずいかな。ゴウさん、大丈夫？」

RICCAにそう声をかけられて、俺はふと我に返った。今日はRICCAの音楽雑誌の取材に同行している。

あれから早くも五年が経とうとしている。インタビューを聞きながら、RICCAが走り続けてきた五年間のことを思っていた。

――五年前の俺の判断は正しかったのだろうか。

その答えは、RICCAが「英雄」という目的地に近づいた今でもわからない。


♪


この取材の依頼が来たとき、新曲をリリースする前に大きな取材が入ってよかったと思った。依頼内容は「デビューから今に至るまでのRICCAのことを話してほしい」というものだった。インタビュワーはTENDERも世話になったことがあるベテラン記者、筧《かけい》さんだった。俺は彼のことを信頼していたので、その取材を受ける方向でRICCAに話した。ところが、彼女はすぐには首を縦に振らなかった。

「私のことなんて話してなにか意味があるのかな」

RICCAはその依頼を断ろうとしたが、俺は猛反対した。新曲のPRになるからというのもあったが、それだけではない。『終わらないラブソング』という曲ができた、このタイミングだったからだ。

「もしかしたら『みぎがわ』の彼にも届くかもしれないだろ。『終わらないラブソング』、聴いてほしくないのか？」

俺は「『みぎがわ』の彼」のことをよく知っていた。智也だ。真面目でやさしい、俺の弟。

「『みぎがわ』の彼」なんてよそよそしい言い方をしたのは、RICCAには俺が智也の兄であることを言っていなかったからだ。

「まあ、聴いてほしいけど。でもさ、私が表紙に写ってる雑誌なんて絶対に読まないよ」


♪


RICCAにはじめて会ったのは、俺がグローリー・ミュージックの社員として働き始めてからすぐのことだった。若手発掘において剛腕を振るっていた田中さんが、彼女を俺に紹介してきた。

「この子、新しくうちに入る子。SNSで話題の『みぎがわ』の子だよ。ゴウも知ってるでしょ」

俺たちTENDERも、一度はこのグローリー・ミュージックに所属した。『ここから』が深夜番組の主題歌に抜擢されたあのころだ。すぐにやめることになったけど。

TENDERをデビューさせてくれたのは田中さんだ。そして今、俺をこの会社に社員として拾ってくれたのも。彼女には頭が上がらない。同じころ、あの地獄のような失恋からなんとか復活したアユムは、懇意にしていた楽器屋に就職した。ニコは実家に帰ってゆっくり仕事を探すと言っていた。みぃとケンのことは、なにも知らない。

音楽をやりたいだなんて、そんな贅沢《ぜいたく》は言っていられなかった。俺たちはもう大人だ。高校を卒業して、両親に啖呵《たんか》を切って家を出た。簡単に家には帰れない。一度はうまくいきかけたものの、結局このザマだ。親に顔を見せることができるとすれば、この仕事で地に足がついてからだろう。俺はこの会社での仕事をがんばってみようと心に決めた。一応、好きな音楽に関わる仕事ではあるのだし。

「全然知らない」

田中さんの質問に対して、そう答えた。俺はTENDERに関する暴言がネットに出回っていることを知ったばかりだった。それに加え、成功しているバンドやミュージシャンの記事を目にするのも嫌だった。武道館で何万人動員！　とか、何万ダウンロード達成！　とか。

ほかの奴らはうまくいっていて、俺はこんなふうになっている。

そんな状況が許せなくて、ネットの情報を遮断した。だからRICCAのこともまったく知らなかった。

「え、知らないの？　信じられない。今すっごく話題なのよ。この前まで普通の高校生だったんだけど、ツイッターであげた動画が前代未聞のバズり方をしていて、これはいけるって思ったのよ。来月うちからメジャーデビューすることになってる」

「来月デビュー？　しかもメジャー？」

来月、とはずいぶん急な話だ。しかもいきなりメジャーデビュー。TENDERはインディーズレーベルからのデビューだった。でもこの「小娘」と呼んでしっくりくるような女の子は、メジャー。

「『みぎがわ』……、『みぎがわ』というのはそのバズった動画で歌っていた曲なんだけど、その曲以外にもいいのをたくさん持ってたのよ。スマホに録音してあったの。『みぎがわ』の話題性とそれに続く曲のよさを加味して、メジャーでいってみようってことになったわけ」

たった一本の動画で、俺たちが八年かけても辿り着けなかった場所まで登ってきた女子高生。俺はこの「RICCA」という少女に対して、プラスの感情なんてひとつも持てなかった。

それはそうと、このあまりにも急なデビューはグローリー・ミュージック側の大人の事情だろう。おそらくネット上での盛り上がりが冷めないうちに、大々的にデビューさせたかったのだ。俺は彼女の行く末を案じた。心配という二文字が浮かんできて、自分の心が荒《すさ》みきっていなかったことに少し安堵した。

「ふうん」俺は気のない返事をした。

「それでね、デビューまでの準備をするあいだ、ウィークリーマンションで生活してもらってるのよ。スケジュールがパンパンだからさ。急に東京に出てきていろいろ困ることもあるだろうから、力になってあげて」

「力に？」

「そう。できることがあったらやってあげて。これからゴウはRICCAちゃんのお世話係だから」

「はあ？」

お世話係なんて、プライドもクソもない。俺は苛立った。田中さんがそれに気がつき、目線で制してくる。

「頼んだよ」有無を言わせず、田中さんが俺の肩を叩く。

「わかりました」俺はしぶしぶ了承した。

女子高生のお世話なんてまっぴらごめんだけど。ましてや女子高生の力になれることなんてないと思うけど。田中さんには逆《さか》らえない。

「あの、よろしくお願いします」

RICCAはそう言いながら、俺に向かって頭を下げてきた。意外にも通る声に少し驚いた。

「お、おう。で、俺はなにすればいいわけ」

「明日の夜、時間があるから日用品を買いに行きたいんです。付き合ってもらえませんか」

「もちろん、いいよ」

そう答えたのは俺ではなく、田中さんだった。


次の日の夜、会社での雑務を終え、RICCAが生活しているというウィークリーマンションに向かった。歩きながらニコに電話をかけた。

「もしもし、ゴウ？　どしたー？」

クールな見た目からは想像できない、やわらかい声が流れてくる。ほっとする声だ。

『まだ見ぬ景色を見に行こう』って電話に出るの、やめたのかよ」

その曲のレコーディングが終わったころ、ニコはバンドメンバーからの電話に出るときには必ずその曲名を口にしていた。その影響で、俺を含めたほかのメンバーも同じように電話に出るようになった。そうやってみんなで愛したその曲は、結局お蔵入りになってしまったけど。

「当たり前だよ。前に進まないと」ニコが静かに笑う。「じゃないと新しい景色を見れないからさ。私たちにだって〝まだ見ぬ景色〟はまだまだたくさんあるはずでしょ」

「……だよな」

今、俺とニコの心のなかには同じ歌が流れているはずだ。俺たちは同じタイミングで同じ歌を思い出すことができる。その事実があるだけで、TENDERの八年間はまったくの無意味ではなかったと思えた。

「ところでニコ、RICCAって知ってるか？」

「うん、知ってる」ニコは思いのほか即答だった。「でも、なんで？　なんでRICCA？」

「グローリーから来月メジャーデビューだとよ」

「えー、そうなんだ。SNS、かなり盛り上がってたもんね」

「俺はネット見てないから知らなかったけどな。そんなに有名なのか？」

ニコは、うーん、と言いながら少しのあいだ考えていた。

「来月メジャーデビュー？　なにそれ、急すぎない？」

ニコの返してきた言葉は質問の答えにはまったくなっていなかった。わずかに大きくなったニコのやわらかい声からは、切れ長の目を少し丸くした表情が想像できる。

「そうそう、そうなんだよ。いくらなんでも急だよな」

「そうだね、ちょっと心配だねえ……」

ニコは少し間をおいて続けた。「大人たちに振り回されなければいいけど」

「まあ、どうせアイドルみたいな扱いのイロモノだろ？　なんで俺がそんな小娘の世話焼かなきゃいけないんだっつうの」

そもそも女子高生ってだけで得だよな、と思う。

「世話焼く……？」

「そう。どうやら俺はＲＩＣＣＡのお世話係、らしい」

俺が他人事のように言うと、ニコが電話口で笑い出した。

「ゴウが女子高生のお世話なんて、めちゃくちゃおもしろいじゃん。なにその人選。田中さん？」

「なんでわかった？」

「やっぱりね。ゴウをお世話係に任命できる人なんて、田中さんか私くらいしかいないでしょ」

ニコの声は楽しそうに弾んでいる。

「どういう意味だよ」

「ゴウが本当はすごーくやさしくて人の気持ちがよくわかる男だから、その係にとっても向いてるって、それをわかってるのは田中さんか私しかいないからだよ」

「はあ？　んなわけねえだろ。しかも相手は女子高生だぞ？　女子高生の気持ちなんかわかるわけがない」

ニコは吹き出すように笑う。

「わかるよ、ゴウなら。大丈夫」

「だから……」

言いかけると、ニコが俺の言葉を遮った。

「RICCAのお世話係をするなら、伝えておきたい情報がふたつある」

「なんだよ」

「まずひとつめは、RICCAはイロモノなんかじゃ絶対にないってこと。騙《だま》されたと思って『みぎがわ』聴いてみ？　すごくいいから。曲も声もいいよ。あの子はいけるって、私も思う」

「へえ。ニコがそう言うならあとで一回聴いてみっかな。そんで？　ふたつめは？」

「うん、聴いたほうがいい。ふたつめはね、RICCAは実はTENDERと関係があるということ」

「え？」

思いもよらないことをニコが言ったので、俺は混乱した。RICCAとTENDERの関係について思い浮かべられるものはひとつもない。

「RICCAがバズったキッカケは、私たちなんだよ」

余計意味がわからなくなる。俺はRICCAという存在すら知らなかったのに。

「どういうこと？」

「知らないってことは、ゴウは見てないんだろうけど。TENDERが解散して少し経ったころ、ネットの掲示板に私たちのことを悪く書いてあるスレッドが立ち上げられたんだよね」

智也が言っていた、TENDERの解散理由が書かれていた掲示板のことだろう。智也に聞いた情報だけで、どのようなことが書いてあるのかは予想できた。

「そのスレッドに、突然『みぎがわ』をRICCAが歌ってる動画が投稿されたの。それで、私たちのことをあれこれ言ってた人たちが、一斉にその動画に食いついた」

「死体蹴りして笑ってた奴らの関心がRICCAに向いたってわけか。でもそれって俺たちの炎上を利用したってことじゃねえの？」

「うーん……、そうとも言えるかもね。でもさ、別によくない？　利用できるものは利用してもらって構わないなと思ったよ、私は。結果として私たちへの暴言もおさまったんだし。ひどいことを言ってた人たちもさ、結局はただの音楽が好きな人たちだったってことなんだよね。自分の推してるバンドを応援したかったり、自分が音楽で食べていきたかったり、そういう人たちの集まりなわけじゃん。もともと悪い人たちではないんだよ」

「ふうん……」

「そのあと、RICCAのこともいろいろと書かれてた。私も今は全然ネット見てないから最近の事情はわからないけど。まあ妬《ねた》みとかもあるだろうし、しかたないのかもしれないけどさ……」

俺はネットの世界で無邪気にナイフを振り回す奴らのことを思う。

「言葉で傷つけ合うのは悲しいよね」

ニコはそう続けた。TENDERに向けられた暴言を読んで、傷つかなかったわけがない。でもその暴言を吐いた奴らのことを「もともと悪い人ではない」とか言ってしまう。それが、ニコだ。

気がつくと、俺は路地裏の古本屋の前で立ち止まっていた。いつから止まっていたのかはわからない。時計を見ると、RICCAとの約束の時間が迫っていた。

「あ、そろそろ時間だ」

「そうなんだ。ちゃんとやりなよ、お世話係」

「俺、やさしいからな」

ニコが声をあげて笑う。

「そうそう、その通り。また電話してよね」

「おう。じゃあな」

電話を切り、そのままスマホで「RICCA　みぎがわ」と検索した。いちばん上にRICCAのツイッターのアカウントが表示されたので、それを開く。イヤフォンを付けて、動画の再生ボタンを押した。音質は最悪だったが、イロモノなんかじゃないと言ったニコの言葉には納得した。RICCAの声は、俺たちが「戦場」ですり減らしてきた声とは明らかに違っていた。心に直接訴えかけてくるような声だ。それでいて、今まで聴いたことのない、一度聴いたら忘れることのできないそんな声でもあった。その声はまぎれもなく才能だった。

ウィークリーマンションに着くと、入り口の前でＲＩＣＣＡがすでに待っていた。帽子を目深にかぶり、マスクをしている。いかにも芸能人みたいな恰好だ。

ＲＩＣＣＡがこちらに気がついたようだったので、俺は右手を軽く上げる。

「あ、ゴウさん」

「おう」

「今日はよろしくお願いします」

ＲＩＣＣＡは丁寧に頭を下げた。

俺はＲＩＣＣＡを駅前の量販店に連れていった。ウィークリーマンションから歩いてすぐのところにあったので、今日は寒いな、寒いですね、寒いのは苦手か、そんなに苦手じゃないです、なんていう会話をしているうちに着いた。

「じゃ、俺はここで待ってるよ」

見られたくないものもあるだろうと思い、俺はそう言った。

「わかりました。急いで行ってきます」

「いやいいよ、ゆっくりで」

ＲＩＣＣＡはカラフルな店内に消えていった。待つあいだ、『みぎがわ』をもう一度聴いてみることにした。イヤフォンから流れる声を聴きながら、稀有《けう》な才能を持つ者が背負う荷物の重さについて考えた。俺には到底わからない、ＲＩＣＣＡが背負うことになるであろうその重量感を想像しただけで、自分の心が押しつぶされていくような感じがした。

『みぎがわ』を何度か繰り返し聴いていると、RICCAが店内から出てきたのでイヤフォンを外した。買い物袋をふたつぶら下げている。

「お待たせしました」

「はい」俺は荷物を持とうと手を出した。

「ありがとうございます」

RICCAは笑顔で荷物をひとつ渡してきた。手荷物の重みはこんなに簡単に分けあえていいな、と思う。

俺たちはウィークリーマンションに向かって歩き出した。

「なあ」歩きながらRICCAに声をかける。「お前、本当に歌手になりたかったのかよ」

『みぎがわ』を聴いて、気になったことだ。

隣を歩くこの少女は、たしかに才能の宝庫だ。

でも本当にこれでいいのだろうか。ただ大人たちに流されてきてしまっただけではないのだろうか。だとしたら、背負わせる荷物があまりに重すぎる。

「うーん……。歌手になりたかったかどうかはわからないんですけど」RICCAは歩きながらこちらに顔を向ける。

「英雄にはなりたかったです、ずっと」

「エイユウってあの英雄？　ヒーロー？」

「そうです」RICCAはニッと笑い、続ける。

「だれかを助けたり、だれかを守ったりできるそんな存在になりたかったんです。子どものころからずっと。私には音楽しかできることがなかったから、音楽でそういう存在になれたらな、世界を救えたらなっていうのは漠然と思ってました」

いかにも夢見る少女的な発言だと思った。

俺は長いあいだ音楽を真剣にやってきた。その結果として痛感することになったのは、音楽の無力さだった。俺たちはTENDERの活動を通して、散々「愛」や「絆《きずな》」を歌ってきたはずだ。それなのにTENDERはあんな形で壊れてしまった。俺たちの音楽は、自分たちのバンドの絆すらも守れなかったのだ。だからといって、音楽を憎んだりしているわけではない。単純に音に触れていれば楽しいし、人間にとって必要不可欠なものだと思う。だが、音楽は現実を変えない。「音楽で世界を救う」なんてことは、到底できっこない。

「音楽で世界は救えねえよ」

「そうでしょうか」

「救えない、に全財産を賭《か》けてもいい」

「じゃあ私は救える、に全財産をかけます。といっても」

ＲＩＣＣＡはまたニッと笑った。少し吊り上がった目が三日月のような形になる。

「今買い物しちゃったから、もう二百円しか持ってないけど」

自分で言ったたいしておもしろくもない冗談、いや冗談かもよくわからない発言にＲＩＣＣＡはけらけらと笑っていた。変な奴だな、と思う。

ＲＩＣＣＡが笑っているうちに、ウィークリーマンションの前に着いた。彼女は入り口の街灯の下で立ち止まると、笑うのをやめ、俺の目をまっすぐ見て言った。

「いきなり世界を救うことはできなくても、隣にいる人から、私の音楽を届けられる距離にいる人から、救っていきたいんです。できるかなんてわからないけど、やってみたい。せっかくチャンスをもらったんだから、絶対につかみとりたいんです。だから」

ＲＩＣＣＡは深々と頭を下げた。黒くて長い髪がアスファルトについてしまいそうだ。

「どうか、こんな私をよろしくお願い致します」

「わかったよ、わかった。頭上げろって」

パッと顔をあげたＲＩＣＣＡは、精悍《せいかん》な表情をしていた。その顔を見て、こいつに尽くしてみるか、という気になってくる。悔しいけど。

「へこたれんなよ。困ったことがあったらすぐ俺に言え」

「はい。よろしくお願いします」

無邪気な笑顔はただの女子高生のそれに過ぎなかった。でもその瞳には静かな決意が見て取れて、底知れぬたくましさを感じずにはいられなかった。


♪

二月二十四日の夕方、ＲＩＣＣＡのデビューを翌日に控えた社内には、そわそわとした空気が流れていた。智也からのＬＩＮＥに気がついたのは、夜になって仕事がひと段落したころだった。休憩所には自動販売機があり、その前には長椅子が置かれている。そこに座りスマホの画面を見ると、智也から「合格したよ」というそっけないメッセージが届いていた。智也なら合格すると思っていたのでさほど驚きもせず、とりあえず「よかったな」と返信した。落ち着いたら電話しようと思った。

「ゴウ、ＲＩＣＣＡちゃん知らない？」

自動販売機でコーヒーでも買おうかと思っていると、田中さんが息を切らしながら訊いてきた。「いなくなっちゃったのよ」

「知らないですけど。俺、探しますね」

「お願い。もう一枚写真撮らなきゃいけなくて困ってるのよ」

「わかりました」

廊下を歩いていると、会議室からＲＩＣＣＡの笑い声が聞こえてきた。やたらと楽しそうな笑い声だ。ドアをノックすると、「あ、ちょっと待ってて」という声がしてドアが開いた。スマホのマイクの部分を押さえたＲＩＣＣＡがドアの隙間から顔を出す。

「すみません、なにかありましたか」

「田中さんが探してるぞ」

「……行かなきゃだめですかね」

「かなり急いでるみたいだった」

「わかりました、今行きます」

RICCAはそう言ってまたドアを閉めた。友人と電話でもしていたのだろうか。

その後すぐに会議室から出てきたRICCAは、再びカメラの前に立った。この日準備がなかなか終わらず、彼女は会社に泊まったのだとあとになって聞いた。

翌日の十二時に『みぎがわ』が配信され、RICCAは晴れてメジャーデビューを果たした。SNSには『みぎがわ』やRICCA本人に関する様々な評価や憶測が溢れていた。そんな世間の反応を、社員みんなが気にしていた。だからこそ、一瞬だけ現れてすぐに消されたその情報にも気がつくことができた。

ひとりの社員が、ツイッターの画面をスクリーンショットしたものを田中さんに見せた。「あの、これ……」

「これってたぶん、RICCAの住所だと思うんですけど」

田中さんは慌ててRICCAに確認した。RICCAは驚きながらも、落ち着いて事実を受け入れたように見えた。「私の家です」

「参ったわね。急いで引っ越さないと」

すぐさま田中さんはどこかに電話をかけ始め、しばらく話したあと、

「家、決まったよ。一週間後、引っ越し」と、あっさりと言った。

「あの、でも母がいますし……」

「もちろん、お母さんもいっしょに」

「いや、でも……」

RICCAはなにかを言いたそうだったが、田中さんはそれを許さなかった。

「しかたないよ、非常事態だから。お母さんも今すぐウィークリーマンションに呼んで。危険がおよぶ可能性だってあるんだよ。情報は、怖い」

「わかりました……」

「ゴウはプロの引っ越し屋さんだから。なんでも言って」

田中さんが急に話を振ってくる。

「プロの引っ越し屋さんって言うのやめてくださいって」

俺が咄嗟に言うと、田中さんは豪快に笑った。

「RICCAちゃん、大丈夫だよ。私たちがついてる」

田中さんがそう言うと、本当に大丈夫であるような気になるから不思議だ。RICCAも同じ気持ちだったようで、「はい」とほんの少しだけ笑った。


♪

一週間ほど経ったころ、「荷物が運ばれてきたので片づけを手伝ってほしい」とRICCAから言われた。

元の家から荷物を運んだのは、トラックの運転手をしているという彼女の母親だ。荷物の積み下ろしもすべてひとりで済ませたらしい。

「デビューのことお母さんに言ったら、泣いて喜んでくれました」

先日引っ越しの話をしたときに、RICCAはそう言っていた。

なんでもRICCAの母親は昔からビートルズの大ファンで、ギターの弾き語りを趣味にしていたという。その影響でRICCAもギターを弾くようになったらしい。

「大好きなはずの音楽から離れてしまっていたお母さんに、私がまた音楽を届けてあげたいんです」

娘のデビューを喜ぶ母親。彼女はこれを機に再びギターを始め、娘の作った曲を弾き語りする、なんてこともあるのかもしれない。そんな幸せな光景を想像し、なんだか俺もうれしくなった。

RICCAが新しく住むことになったのは、オートロック付きの小綺麗《こぎれい》なマンションだった。

馴染みのないオートロックの機械に戸惑いつつ、「501」と部屋番号を入力する。

「……ゴウさん？」

インターフォン越しにRICCAの声が聞こえてくる。

「プロの引っ越し屋さんですが」

ふざけてそう言ってみる。すると「今開けますね。どうぞ」とRICCAが笑い、それと同時に自動ドアが開いた。

エレベーターで五階まで上がり、「501」と書かれた部屋をノックすると、赤いトレーナーに黒いスキニーパンツというラフな恰好をしたRICCAが顔を出した。

「来てくれてありがとうございます。入ってください」

ＲＩＣＣＡの部屋は、俺の部屋よりもだいぶ広かった。

「お母さんは？」

「今は仕事でいません」

仕事とはいえ、女の子の部屋に男ひとりで上がりこんでしまったことにうしろめたさを感じた。

「これです、荷物」と、ＲＩＣＣＡが積み上げられた段ボールの箱を指さす。ふたり分の荷物にしてはずいぶんと少ない。

「荷物の中身、見ちゃっていいのかよ」

「ゴウさんならいいです、信じることにしたので」

「信じるって、このあいだ会ったばっかじゃねえか」

「直感です。ゴウさんは、絶対にいい人」

ニコの言葉を思い出す。俺はやさしい。らしい。

「まあ、俺はやさしいからな。その直感は間違ってはない」

俺たちは段ボールを開けて部屋の整理をした。やりながら、ものすごく荷ほどきの手際がよくなってしまった自分が滑稽《こっけい》に思えてきた。ＴＥＮＤＥＲがそれほど売れなかった証だ。

荷物が少なかったこともあり、部屋の片づけは思ったよりも早く終わった。

「ありがとうございました、ゴウさん。本当にプロの技だった」

ＲＩＣＣＡは笑っている。なんだか馬鹿にされたような気がして少しムッとしたが、ＲＩＣＣ

Aは俺の過去を知らないのだから悪意はないのだろう。しかたがない。

片づいた部屋を眺めながら、持参したペットボトルのお茶を飲んだ。RICCAは2ℓペットボトルの水をラッパ飲みしている。

ふと、壁際に置かれているギターに目がいった。

なぜかギターがふたつあることが気になった。ひとつはアコースティックギターで、もうひとつはエレキギターだ。両方ともケースに入っているので中身は見えない。

「RICCAはエレキも弾くのか?」

「ああ、あれは……彼氏から借りてるやつで」

彼氏がいるのか。だとすればあの『みぎがわ』という曲は、その彼氏のことを歌ったものだったのだろうか。

「ふうん。どんなギターか見せてよ」

「いいですよ」RICCAがエレキギターのケースを開ける。

すると見覚えのあるギターが顔を出した。まぎれもなく俺がはじめて買ったエレキギターだ。指板の一部分に、コードを覚えるために貼っていたシールの跡がある。はがすときに失敗して、そこだけ残ってしまったのだ。シールを貼ったのも、はがすのを失敗したのも、俺だ。東京に持っていく必要はなかったし、かといって捨てたり売ったりするのも気が引けたので、とりあえず「記念品」という名目で智也の部屋に置いてきたギター。それがなぜかRICCAの部屋にある。あまりにも唐突すぎる再会だ。

……マジかよ。こんな偶然あっていいのかよ。

「これです。かっこよくて気に入ってるんです。でもそろそろ返さなきゃな」

「ああ、そうなんだ」冷静をよそおい、無難な相槌を打つ。

「会いたいなあ……」

そうつぶやきながら、RICCAは俺のギターの弦に触れた。いやそれ俺のだよ、とは言えない。

「その……彼氏は大丈夫なのかよ」

以前智也が話していた女の子についての記憶を手繰《たぐ》り寄せる。名前は「リカ」だったと思う。リカだからRICCAなのか、と思い至る。うれしそうに「付き合うことになった」と言っていたのはいつごろだっただろうか。あれからさほど時間は経っていない。それなのに、「リカ」を取り巻く環境はこんなにも変わってしまった。

「大丈夫、だと思います。ずっといっしょにいるって約束したので」

「そうか」

ずっといっしょにいるだなんて、どんなカップルでも一度は言う。でもそれがどんなに難しいことなのかをRICCAは知らないだろう。もちろん、智也も。

「あ、でも、心配なことはあります」

「なに?」

「私、住所晒されたりしたじゃないですか。私のことだけならいいんですけど、もし彼にも迷惑をかけてしまったら、と思うと……少し怖いです」

たしかにRICCAの言う通りだ。もしこの先もふたりが恋人同士でいるのならば、智也のことを嗅《か》ぎまわる奴も当然出てくるだろう。

「ちょっと待って」

ジーンズのポケットからスマホを取り出す。もしかしたら、もうすでに智也のことをSNSに書いている奴がいるかもしれない。ツイッターを開き、『みぎがわ』の動画に寄せられた膨大な数のコメントを読んだ。RICCAが横から俺のスマホをのぞきこんでくる。

「ツイッターですか?」

「うん」俺は画面を見たままうなずく。

「そうそう、私、文字を読むのがすっごく苦手なんです。だからコメント欄とかも読む気になれなくて。でもみんなの反応とか、ちゃんと知ってないといけないですよね。ゴウさん、書いてあること教えてください」

俺は夢中でコメント欄を読んだ。

RICCAの恋人、つまり智也についての根拠のない憶測がそこには並んでいた。

俺はそこに書いてあることをすべて伝えた。

RICCAはそれを、唇を噛みながら聞いていた。無責任な言葉たちを必死に受け止めているように見えた。

一通りコメントを読み終えると、険《けわ》しい顔をしたRICCAが、

「私、彼に迷惑ばかりかけちゃってますね」と深くため息をついた。

「今までもずっとそうだった。私はいつも彼にたくさん助けてもらって、それなのに私はたくさん迷惑かけて……こんなんで『英雄になりたい』だなんて、本当に馬鹿みたいだ」

俺は返す言葉をすぐに見つけることができず、黙っていた。

「ゴウさん……」俺に向けられたＲＩＣＣＡの目には涙が溜《たま》っている。

「ん？」

「今の私が彼のためにできることって、なんなんですかね。私、どうしたらいいんだろう」

ＲＩＣＣＡの表情と口調はあまりにも切実だった。あいつのことが本当に好きなんだな、と少しだけくすぐったいような気持ちになる。

うーん、と唸《うな》りながら、智也から「リカ」の話を聞いたときのことを思い起こした。電話で話した智也の様子が変だったので心配になり、俺は急遽《きゅうきょ》実家に帰ったのだ。あのとき智也は俺にこう言った。

――リカになにをしてあげられるか、いまいちよくわからないんだ。

俺は、そばにいるだけで大丈夫だ、と答えた。恋ってそんなもんだろ、と。でも今はもうあのときとは状況が違う。このような状況になった今、ＲＩＣＣＡと智也では生きる世界が違いすぎる。これまで通りうまくいくなんて到底思えない。人生も恋愛も、おそらくそんなに甘くはない。

今のＲＩＣＣＡが智也のためにできること、か。

俺はしばらく考えて、ゆっくりと話し始めた。

「正直に言うぞ。いいか？」ＲＩＣＣＡの濡れた瞳をまっすぐに見る。

ＲＩＣＣＡは唇をキュッと結び、うなずいた。

「これからお前はどんどん有名になる。見ず知らずの人たちが自分のことを知っている、という状況になっていくんだ。知りもしない奴らがお前のことをああだこうだ言う。つまり」

ＲＩＣＣＡは表情を動かさない。一呼吸置き、俺は言葉を続けた。

「このまま付き合っていくっていうことは、それに彼氏を巻きこむってことなんだ。今までと同じように付き合っていくことは難しい。ありもしないような噂を書きたてられることもあるだろうし、堂々と街中をデートすることだってできない」

そこまで言ったとき、ＲＩＣＣＡの目に溜っていた涙が溢れ、頬を伝った。

「恋をしたならそばにいるだけでいい、というのが俺の持論ではあるんだけどな。今に限って言えば、そばにいるからこそ起こりうる問題が多すぎると思う。でも……」

ふたりで乗り越えていく覚悟があるなら、そばにいてやればいい。

そう続けようと思っていたが、小さな引っかかりを感じて言葉に詰まった。

——覚悟があるなら。

ひどく無責任な言葉だと思った。先のことをふたりが予測し、すべてを覚悟したうえで付き合っていくだなんて、おそらく不可能だ。それなのに「そばにいてやればいい」なんて聞こえのいい言葉を続けるのは、逃げだ。もっとしっかりとふたりの未来に向き合ってやらなければ……。

そんなことを考えながら次の言葉を探していると、ＲＩＣＣＡがきつく結んだ口を開いた。

「私が、彼を守らなきゃ」

ＲＩＣＣＡの真剣な表情からは、揺るぎない意志が感じられる。

「守る？」

「はい。だれかを守りたかったら、ときには悪役になる必要があるのかもしれない」

「悪役？　急になんの話だよ」

「ゴウさんの話を聞いてそう思ったんです。英雄になりたいとか世界を救いたいとかそんなことを言う前に、まず私は隣にいる人を守らなきゃいけないんだって」

「それって……」

少し考えて「悪役」の意味を理解した。自分が嫌われるようなかたちで智也と別れるということだろう。「それじゃあお前がつらいだろ」

ＲＩＣＣＡは小さく首を横に振った。

「私の気持ちはどうだっていいんです」ＲＩＣＣＡが微笑む。「どんなことをしてでも守りたい人なので」

やさしさが滲み出るような笑顔だ。やさしさとは強さである。よく言われることではあるが、俺は今その言葉の正しさを実感した。彼女には大切なものを守る強さがある。

「……本当に好きなんだな、そいつのこと」

俺がそう言うと、ＲＩＣＣＡの顔がさらにほころんだ。目が三日月のように細くなり、そこからまた涙がこぼれる。

「世界でいちばん、大好きです」

ＲＩＣＣＡはもう溢れる涙を拭うこともせず、俺のギターを見つめていた。涙に濡れた笑顔には、智也への想いの深さが表れているように思えた。人を想う気持ちの美しさに心を打たれながらも、同時にふたりの恋が終わろうとしているのだという事実を思い、やり場のない切なさがこみあげてくるのを感じた。

「それだけ好きな奴のためにする決断なら、これ以上俺が言えることはねえな」

粋《いき》な台詞を吐いてはみたが、気持ちはうまくついていかない。この空間に漂っている感傷が、まるで煙のように目に沁《し》みてくるような気がした。

♪

「お別れしました」

ＲＩＣＣＡにそう声をかけられたのは、『みぎがわ』がストリーミングサイトのデイリーランキングで一位を獲得した日だった。ＲＩＣＣＡについての問い合わせや仕事を依頼する電話に、社員全員が忙殺されていた。もちろん俺もそのひとりだった。大量の雑務を片づけ、休憩所の長椅子で一息ついていたところにＲＩＣＣＡがやってきた。

彼女は雑誌の取材を終えたところだった。多忙であるため、小さな取材の場合は会社に来てもらうようにしている。これからまた別の仕事があるのかもしれない。

「そうか」

俺はできるだけ明るく相槌を打ち、隣に腰掛けたＲＩＣＣＡの肩を叩く。悪役になる必要があるのかもしれない、というあの言葉を思い出す。

「でもよく話す時間あったな」

「昨日ここに来てもらって、会議室で話しました」

智也がここに来たのか。

俺は昨日、取材の打ち合わせのために外出していた。寛さんから取材依頼があったので、昔から馴染みのある俺が打ち合わせに行くことになったのだった。俺が会社にいたら智也と鉢合わせていたかもしれない。

俺が智也の兄であることは、ＲＩＣＣＡには明かさない。

智也にも、俺がＲＩＣＣＡに関わっていることは言わない。

そう心に決めていた。別れても俺という存在を介してふたりがつながってしまっているという中途半端《ちゅうとはんぱ》な状況を作りたくなかったからだ。以前智也に「新しい仕事が決まった」と言ったとき、俺は就職先のことを詳しく話さなかった。詳細が決まったら改めて、と思っていたが、当分話すことはないだろう。

「そうだったのか……」

ＲＩＣＣＡはしばらく自分のつま先のあたりを見つめて黙っていた。

「大丈夫か？」

俺がそう声をかけると、ＲＩＣＣＡは顔を上げた。そのときの彼女の表情を言い表すには、

「一皮むけた」という言葉がぴったりだと思った。一点の曇りもない澄んだ瞳が俺に向けられる。覚悟が滲んだその表情は、洗いたての青空のように晴れやかだった。

「大丈夫です。英雄になりたいなら悪役にならなきゃいけないときもある」

「ずいぶんクールな台詞だな。そんな名言、だれが言ったんだ」

俺はそうとぼけてみる。

「この名言を言ったのは、かの有名な〝歌うスーパーヒーロー〟RICCAですよ」

RICCAは少し笑った。ちょっとだけ無理をしているようにも見えた。素顔のような、それでいてよく見ると仮面のような笑顔を貼りつけて、RICCAが続ける。

「私はいちばん大切な人を守ることができた。だから私には英雄になる素質があると思う」

いったいRICCAはどのような別れ話をしたのだろう。智也が心配だったが、そんな気持ちを頭の隅に移動して、目の前のRICCAの心に寄り添うことに集中した。俺はできるだけ深掘りしないことを選んだ。

「現に今日、デイリーランキング一位だしな」

その言葉を聞いて、RICCAがにやりといたずらな笑顔を見せた。世界征服を目論《もくろ》む女王の笑みのようにも見えて、俺は少し慄《おのの》いた。

「私はいつか、世界を救う」

そうつぶやいたRICCAの芯のある声は、あれから五年が経とうとしている今でも鮮明に思い出すことができる。

♪

「そんなこと、やってみないとわからないだろ。案外読んでくれるかもしんねえぞ」

自分が表紙に写っている雑誌を彼が読むわけがない、と言ったＲＩＣＣＡに、俺はそう言った。俺はあのころとは違い、お世話係から正式なマネージャーに昇格している。

「それに、俺には秘密兵器がある」

「え？　秘密兵器？」

「これだよ」

俺は五年前すでにしわくちゃだったフロアマップをＲＩＣＣＡに見せた。

別れたという報告のすぐあとで、ＲＩＣＣＡが「エレキギターを彼の家に送ってほしい」と、このフロアマップとギターを渡してきたのだ。俺は、俺のなんだけどな、と思いながらそれを智也に送った。

「それって……」ＲＩＣＣＡは目を凝らして俺の手元を見ている。

「エレキ送ったときのやつだよ。住所が書いてあるだろ。ここに雑誌を送ればいい」

ＲＩＣＣＡは信じられないという顔をした。

「そんなもの、ずっととってあったの？」

「俺は捨てられない男なんだよ」

その紙屑《かみくず》のようなフロアマップは、長年俺の机に大切に保管されていた。五年前の智也の感情が詰まっている気がして捨てられなかったのだ。そんなことをしても智也の傷を癒《いや》すわけでもないし、なんの意味があるのかはわからなかったが、今となってはよかったと思う。智也の兄であることを明かしていない以上、住所を知っているとは言えなかった。智也の住所はもともと俺の住所でもあるのだから、本当はそらで言えるのだけど。

「でも、住所変わってるかもよ。就職とかしたんだろうし」

「変わってないだろ」

「なにを根拠に？」

「勘だよ」

「まったく、ゴウさんは適当だなあ」

智也が地元の市役所に就職して実家から通勤していることを俺は知っていた。

「だからこの取材受けてみようぜ。この際なに話してもいいからさ。俺が責任とってやる」

「……なに話しても？」

「そう。たとえば『みぎがわ』を作ったときの話も」

ＲＩＣＣＡは顔を傾けて考えていた。軽く目を伏せた横顔がやけに大人びて見える。出会ったころのまだ幼かったＲＩＣＣＡを思い出し、五年という歳月の長さを思った。

「本当に、なんでも？」

ＲＩＣＣＡの顔は真剣だった。なにを考えているのかはわからない。

「なんでも、だ。RICCAの話したいと思うことを話せよ。『みぎがわ』の彼に伝わることを前提にな」

「……わかった。やってみる」

RICCAと智也の恋は、結末のページが破られた絵本のように突然終わってしまった。TENDERを解散したときの気持ちを思い出す。もっとやりたいことがあった。みんなで見たい景色があった。でも全部なくなった。深い闇にいきなり突き落とされたような気分だった。覚悟がないうちに終わる。そのつらさを俺は知っていたのに、同じような気持ちをふたりに味わわせてしまったのだ。

とはいえ、たった数ヵ月の恋愛だ。別れの瞬間がどんなにつらくても、結局は時間が解決してくれるはずだ。そうやってRICCAも智也も大人になっていくのだ。数年後には、お互いカラッと昔を振り返るときがくるだろう。RICCAは思い出をさらりと歌い、智也はRICCAの曲を聴きながす。そのときがきたら、俺は智也の兄であることをRICCAに明かすことにしよう——。

そう思っていたが、なかなか「そのとき」がくることはなかった。

RICCAはドラマなどとのタイアップを除き、ラブソングを一切書かなかった。書けなかったのだと思う。彼女の内面から出てくるようなラブソングは、『みぎがわ』以来一曲もなかった。感情に蓋《ふた》をして、明るく振舞うRICCA。

いつしかそのなにかを抱えているような雰囲気や、明るさのなかに時折のぞく切なげな表情が、「RICCA」というシンガーソングライターの核になった。世間は、それが彼女の生まれ持った魅力なのだと評価していた。でも実際は違う。RICCAがそういう雰囲気を持つようになったのは、智也と別れたあとからだ。

RICCAの気持ちは完全に止まっていた。

智也にしてもそうだ。

俺はRICCAのブログに自分の写真を載せるようにしている。それはただ目立ちたいからというわけではなく、RICCAの情報を智也が見ているかを確認するためだ。今では俺はファンのあいだで顔が知れている。もし智也がRICCAに関するメディアを目にしているとすれば、当然俺のことにも気がつくはずだった。ところが、智也からはいまだになにも言ってこない。智也はRICCAを意識的に避けているのだ。

ふたりの気持ちは五年ものあいだ止まったままだった。

俺はその様子を目の当たりにして、あのときの自分の判断は間違っていたのかもしれないと思い始めていた。

「今の私が彼のためにできることって、なんなんですかね」

RICCAがそう俺に訊いてきた、あのとき。

「そばにいるだけで大丈夫だ」

その言葉をどうして言ってやらなかったのだろう。

俺がそう言ってやれていたら、今もふたりは幸せだったかもしれない——。

そんな後悔にも似た気持ちに苛《さいな》まれていたとき、ＲＩＣＣＡが『終わらないラブソング』を俺に聴かせてきた。俺は心底驚いた。『みぎがわ』以来の正真正銘のラブソングだった。しかも、終わることのない恋心を歌った曲だ。

「ラブソングじゃねえか」

「うん。やっと自分の気持ちを認めることができたんだ」

その言葉を聞いて、止まっていたＲＩＣＣＡの心が少しだけ動き出しているのを感じた。


それからしばらくして『終わらないラブソング』のリリースが正式に決まったころ、この取材依頼が舞いこんできた。ちょうどいいと思った。このタイミングでＲＩＣＣＡは「認めることができた」というその気持ちを話すべきだ。そしてそれは智也にも伝わるべきだと、そう考えた。

だから俺は、ＲＩＣＣＡにこの取材を受けることを勧めた。

智也とＲＩＣＣＡ、そしてリカのために。

ＲＩＣＣＡの想いが智也に届けば、ふたりはまたあのころに戻れるかもしれない。

『みぎがわ』で終わってしまったふたりの恋が、『終わらないラブソング』で再び始まるのだ。


♪

狭い部屋でインタビューが行われている。

「あ、そうか。さすがにまずいかな。ゴウさん、大丈夫?」

RICCAが俺に声をかけて、インタビュワーの筧さんも同時にこっちを見る。

俺は右手の親指と人差し指をくっつけて、オーケーサインを作った。

RICCAが部屋の隅にいる俺に声をかけてきたのは、『みぎがわ』がリリースされた直後に当時の恋人と別れた」という話をしたあとだった。俺が許可を出したことで、いよいよ智也の話になるのかと思ったが、なぜか俺の話になった。俺がRICCAのブログの写真によく登場している、という話題だ。

RICCAは、俺がブログに自分の写真を載せる理由を「ゴウさんは目立ちたがり屋だから」だなんて言っていた。違うんだけどな、と思った。まあ目立ちたがり屋というのはあながち間違いではないか。

俺の話が終わり、RICCAがディスレクシアの話をする。今では日常に溶けこみすぎて忘れてしまうことさえあるのだが、RICCAは学習障害の一種である識字障害、ディスレクシアを持っている。デビューしてすぐに彼女はそれを公表した。悩んでいる人たちの助けになれるなら、と言って。あのころのRICCAは、だれかのためにならなくてはいけないと必死にもがいていたように思う。

しばらく当時の思い出話が続き、いよいよ本題に入っていく。『みぎがわ』は当時の彼にプレゼントした曲であったという話になると、筧さんは前のめりになった。

『みぎがわ』を歌うのがつらかったことを、俺はずっと知っていた。でも仕事が入れば歌わせた。ＲＩＣＣＡは求められるものを表現し続けた。ＲＩＣＣＡが綴《つづ》る、聴く人の心に寄りそうような歌詞と、どこかなつかしさを感じさせるメロディーは、世代を超えて多くの人の共感を得た。ファンレターやブログへのコメントで、「ＲＩＣＣＡちゃんに勇気をもらっています」「元気づけられています」「いつもありがとう」そのようなメッセージが毎日たくさん届いた。俺はそれらをＲＩＣＣＡに読んで聞かせた。メッセージが読み切れない数になってからも、彼女はそれを聞いていつも喜んでいた。そういう言葉たちに感謝をし続けて、さらにまた新しい音楽を生み出す。ＲＩＣＣＡはそれを繰り返してここまでやってきた。

目まぐるしく過ぎ去った日々をしみじみと思い返しながら、筧さんとＲＩＣＣＡの言葉の応酬を聞いた。するとＲＩＣＣＡが思いもよらないことを話しているのが聞こえた。

「『終わらないラブソング』を作ることができて、やっと自分のなかで彼についてのことが吹っ切れたので、今なら『みぎがわ』のことも話せるな、と思いました」

……吹っ切れた？

『終わらないラブソング』は、終わることのできない恋心を歌った曲だ。俺はこの曲を聴いて、ＲＩＣＣＡは今でもあのころの気持ちのまま智也を想い続けているのだと確信したのだ。だからこそ、この曲は絶対に智也に届けたいと思った。

それなのに「吹っ切れた」とＲＩＣＣＡは言っている。意味がわからない。

「吹っ切れた？」

筧さんが俺の心を読んだように同じ質問をした。

「僕も『終わらないラブソング』を聴いたけど、おおよそそんな感じはしなかった。あれは忘れられない人への想いを歌った曲だと思っていたんだけど、違うのかな？」

そのあとＲＩＣＣＡが語ったのは、俺が想像していたものとはまったく違った気持ちだった。

♪

インタビューが終わると、ＲＩＣＣＡはすっきりとした表情を浮かべていた。俺も晴れ晴れとした気分だった。

筧さんと別れてエレベーターに乗りこみ、そのまま地下に下りる。地下駐車場に停めてある車に乗りこむまで、ＲＩＣＣＡは一言も言葉を発しなかった。

運転席に座ってエンジンをかけると、後部座席に乗っているＲＩＣＣＡが言った。

「ゴウさん、この取材受けるように言ってくれてありがとう」

「おう」

「彼にも伝わるといいなあ」

「俺に任せとけ」

「ゴウさん」

ＲＩＣＣＡが改まったような声で俺の名前を呼ぶので少し緊張した。

「なんだよ」

バックミラー越しにRICCAの顔を見る。

「私はこれでやっと前に進める。これからの新しい『RICCA』のことも、よろしくお願いします」

ミラーに映るRICCAが微笑む。まさに「吹っ切れた」ような笑顔で。

「まだ見ぬ景色を見に行こう」

俺は昔自分が作った曲のタイトルを口にした。バンドが解散してしまったことで、幻となってしまった曲だ。

「え……?」

RICCAが小さな声を出す。

「前に進んでさえいれば、いつか見たこともないようなすごい景色を見られるさ。俺にも音楽が世界を救うところ、見せてくれよな」

少しかっこつけすぎたかもしれない。智也に聞かれたら「そのクサい台詞はなんだ」と笑われそうだ。そう思ったが、後部座席を振り返るとRICCAはなぜか泣いていた。目からぽろぽろと涙がこぼれている。俺はなにがなんだかわからず、焦りながら彼女にいろいろな言葉をかけた。どうした? なにかまずいこと言ったか? だとしたら俺が悪かった……え、違う? じゃなかったらどうしたって言うんだよ、おいおいそんなに泣くなって……

俺がしばらく声をかけ続けていると、RICCAは泣きやんだ。

「ちょっとゴウさん、ひとりで喋りすぎだって」

鼻をすすりながら、呆れたように言ってくる。

「お、やっと泣きやんだか。ひとりで喋りすぎた甲斐《かい》があった」

俺がそう言うと、ＲＩＣＣＡが可笑しそうに笑った。

ＲＩＣＣＡの涙を見たのはいつぶりだろう。最後に俺の前でＲＩＣＣＡが泣いたのは、引っ越しを手伝ったあの日だ。智也と別れることを決めたあの日以来、彼女は一切涙を見せなかった。五年間自分の感情を見ないようにしていたのか、それともひとりで泣いていたのか。

「ゴウさんは本当にやさしい。いつもありがとう」

ＲＩＣＣＡは赤くなった目を細め、言葉を続けた。

「これからの私にはどんな景色が待ってるんだろう。見たこともないような景色を見られるように、がんばるね」

僕は手紙に書かれた兄貴の名前を見て、一瞬なにが起きたのか理解することができなかった。

数年ぶりに見る、兄貴の癖のある字で書かれた「高橋　豪」という名前。その上には「RICCAマネージャー」と書いてある。

……兄貴が、RICCAのマネージャー？

五年前、兄貴のバンド「TENDER」は解散した。

そのあと兄貴は「音楽関係の会社で働く」と言っていた。

その会社がグローリー・ミュージックだったということなのだろうか。

混乱しながら、兄貴の綴った文字を読み始めた。

智也へ

元気か？　急な手紙で驚かせてしまって申し訳ない。

智也に伝えなくてはならないことがあって、俺は今この手紙を書いている。

信じられないと思うが、俺はRICCAのマネージャーをしている。

今まで黙っていて悪かった。

彼女にはデビュー当時から関わっているが、いまだに俺が智也の兄であることは言っていない。

ＲＩＣＣＡがデビューした直後、俺はお前のことについて相談を受けた。

今の自分が彼のためにできることはなんだろう、という相談だ。

お前も同じような相談をしてきたことがあったよな。

リカのためになにをしてあげられるかわからないんだ、と。

そのとき俺は「そばにいるだけでいい」と答えた。覚えてるか？

でも、ＲＩＣＣＡからの相談にはその言葉を返してやれなかった。

彼女の立場が変わってしまった以上、お前たちがそれまでと同じように恋をすることはできないと思った。

ＲＩＣＣＡはあのとき、「だれかを守りたかったら、ときには悪役になる必要があるのかもしれない」と言っていた。自分が嫌われて別れようと決めたんだろう。だとしたら、相当ひどい別れ方をしたんじゃないかと思う。

智也はＲＩＣＣＡの曲を聴かないようにして過ごしているだろ？

それってきっと、まだあのときの傷が癒《い》えていないってことなんだよな？

ＲＩＣＣＡも同じだ。同じだったんだ。彼女の気持ちもずっと止まっていた。

でも今になってようやく新しい一歩を踏み出せたように見えた。

このインタビューには、今のＲＩＣＣＡの気持ちがすべて書いてある。

もし智也の気持ちが止まってなんていなくて、要らぬ心配だと言うのなら、この手紙も雑誌も今すぐに捨てて構わない。

でももし、立ち止まっているなら。

まだあのときのことで苦しませてしまっているなら。

このインタビューを最後まで読んでくれ。『終わらないラブソング』を聴いてくれ。そしてできれば、もう一度『みぎがわ』を聴いてくれ。

回りくどいやり方になっちまって申し訳ないが、これを読めば前に進めるはずだ。

RICCAマネージャー　高橋　豪

僕はその手紙を何度も何度も読んだ。涙が溢れてくる。思えば僕は、リカに別れを告げられたあの日から今に至るまで、一度も涙を流したことがなかった。自分の気持ちから目をそらし続けてきたからだ。五年間捨て置いていた感情がすべて流れ出てくるように、とめどなく涙が溢れてきた。

「さよなら」と言ったリカの声を思い出す。少しだけ震えていた、あの声。僕は自分を保つために、それを無視した。「怒り」以外の感情を、ないものにしようとした。今更だけど僕はあのとき、本当は気がついていたのかもしれない。リカがあんなことを言ったのには、あんな態度をとったのには、なにか理由があったのではないかということに。でも「嘘だろ」とか「本当のことを言ってくれ」とか、そういう言葉ですがるのは、あまりにも惨めな気がしてできなかった。つまらない自尊心のために、僕はリカの本当の気持ちを見て見ぬふりをしたのだ。

もし、震える「さよなら」のあとに振り向くことができていたなら。

それだけじゃない。

『みぎがわ』の動画を拡散したりなんかしなければ。

「RICCA」なんていうアカウントを作らなければ。

そもそも、あんな動画を撮らなければ。

僕たちは、今でもいっしょにいられたのだろうか。

ふたりの未来があったのだろうか。

五年間考えないようにしてきたことが頭のなかを埋め尽くしていく。僕はしばらく床に突っ伏して泣いた。

ひとしきり泣いたあと、大きく深呼吸をして雑誌を拾い上げた。手紙が挟まっていたページを開く。RICCAの写真とともにたくさんの文字が並んでいる。兄貴の手紙を読んだあとに見る印字された文字は、ひどく無機質なものに感じられた。僕はゆっくりと一文字一文字を確かめるように、インタビューの続きを読んだ。

『THE MUSIC LIFE』20××年4月号
RICCAのすべて　『みぎがわ』から『終わらないラブソング』までの軌跡
～RICCAが語る、ここにしかない衝撃の真実～

○吹っ切れた？　僕も『終わらないラブソング』を聴いたけど、おおよそそんな感じはしなかった。あれは忘れられない人への想いを歌った曲だと思っていたんだけど、違うのかな？
「いえ、それで合ってます。自分で言うのもなんですが、未練のかたまりみたいなラブソングです（笑）。吹っ切れたというのは、その人のことが吹っ切れたというのとは少し違っていて。気持ちを終わらせたいと思う気持ちを吹っ切れた、ということなんです」
○なるほど。一種の諦めみたいな、そんな感じかな？
「諦めというとなんだかマイナスなイメージですけど、私のなかではもっとプラスな気持ちです。たとえばとても難しい間違い探しがあったとして、間違いは全然見つからないし、答えもついていなかったとします。こういうときってすっごく気持ち悪くないですか？」
○わかるよ、たしかに気持ち悪いね。
「私は負けず嫌いだから、どうしても全部の間違いを見つけないと気が済まない。だから次のページには全然進めない。ずっと同じページで立ち止まっている。それが今までの私です。反対に、ちゃんと終わらせていなくても、答えがわからなくても、ちょっとだけ次のページに進んじゃってもいいんじゃないかな、と考えられるようになったのが、今の私です」

○未練や解決していない問題があっても前に進むことを自分自身に許した、ということ？

「はい。うまくまとめてくださってありがとうございます（笑）。吹っ切れたというのは、未練があってもいいんだよ、それでも前に進んでいいんだよ、という、そういう吹っ切れ方なんです」

○なるほどね。ということは、ＲＩＣＣＡはまだ『みぎがわ』で歌っている人に想いがあるということなのかな？

「そうですね。彼に対する感情は今でも変わっていません。あのころももちろん大好きだったんですけど、今でも変わらず大好きです。本当に素敵な人なんです。彼のやさしさに私は救われました。ずっと闇のなかにいた私に光をくれた。彼は私にとってまさに『英雄』なんです」

○彼がいなかったら、今のＲＩＣＣＡはなかった？

「それは間違いなく、そうです。ディスレクシアのことを教えてくれたのも彼ですし、私の書く歌詞の元になる感情を教えてくれたのも彼です。彼がいなかったら、本当に私にはなにもないままだったと思います」

○そうなんだ。英雄の英雄、ということだね。ぜひ会ってみたいな。ところでもう一度その彼と前の関係に戻りたいと思う？

「うーん。少し前までは、戻りたくてしかたなかったです。でも『終わらないラブソング』を書いて、『RICCA』という存在を作ったのはあの恋であり、あの別れでもあり……うれしいことも苦しいことも、今まであったことはすべて必要なことだったと思えるようになったんです。そうやって作られた今の私がいるから、その私を好きだと言ってくれるファンの方々とも出会えたんだと思うので……だから今は、戻りたいとは思いません」

○そうなんだ。『終わらないラブソング』からは失った恋への想いがひしひしと感じられるけど、でもそれは「ヨリを戻したい」とかそういう単純な気持ちとはまた違ったものであるということなんだね。

「そうです。未練があっても、答えが出なくても、立ち止まっていなくていいんだと。前に進んでもいいんだと。そういう気持ちを込めてこの曲を作りました。『終われないこと』って、みんな心のなかにあると思うんです。たとえば、死後の世界どうなってるかな、なんて死ぬまで絶対わからないのにみんな考えるじゃないですか。でもその疑問を終わらせるために、ちょっと確かめてみようなんてことはしないわけで。そういうことを考えながらみんな生きていくわけで。それはちょっと極端なたとえかもしれないんですけど、わからないこと、終わらない疑問とか未練を抱えながら前に進んでいくのが人間なんだなって思えたんです。そういうことを伝えたかった。終われないことを無理に終わらせることはしなくていいんだよ、と。こんなに情けないというか、未練を抱えた私もいるよ、と」

○「終われないこと」について悩んでいたり、立ち止まったりしている人へのメッセージでもある、ということだね。それはなんというか、とてもRICCAらしい。

「私、みんなのことを救える英雄を目指してますからね（笑）」
○そこは本当にぶれないね（笑）。そういえばこの曲に限らず、R－CCAの曲にはいつもなにかしらのメッセージが込められているよね。
「はい。なにを伝えたいのかということはいつも意識しています。曲に込めているメッセージは聴いてくれる人全員に向けているものなんですけど、でも『終わらないラブソング』に関してだけは、いちばん伝わってほしいのは彼ですね。もし彼が私と同じように立ち止まっていたらの話ですけど、彼にも前に進んでほしいなって思うんです。だからこの曲だけは、絶対に聴いてほしい。私はこんな気持ちのまま前に進むよって伝えたいんです。このインタビューを受けたのは、それが理由でもあります。彼に連絡を取ったり言葉を伝えたりする手段を私はもう持っていないんですけど、この曲だけは聴いてほしいってことをどうにか伝えたくて。あ、でももう私のことなんてすっかり忘れていて、大きなお世話だよって笑い飛ばされる可能性もありますけどね（笑）」
○そうだったんだね。その彼のために書いた『みぎがわ』という曲でR－CCAが始まって、そのあと葛藤《かっとう》した五年間があって、そして今、未練をも抱きしめて前に進もうとしているR－CCAが『終わらないラブソング』をリリースする。我々R－CCAファンとしては彼に感謝せざるを得ないね。
「えー⁉　ゴウさん、今の言葉、聞いてた⁉　ちゃんと録音した⁉（笑）　筧さんが私のファンだって！　やったあ。恐れ多いけどとってもうれしいです。たしかにもし彼がいなかったら、今まで作ってきた曲はすべてないと思います」
○そうだよね。いや本当にありがたい。『終わらないラブソング』、彼に届くといいね。
「はい、届くことを心から願っています。お別れしたとき、私、彼にすっごくひどいことを言ってしまったんです。それは私のことを嫌いになってくれれば彼もつらくないのではないか、とあのときの自分が判断したからだったんですけど。でも今になってみると、あれは正しい選択ではなかったんじゃないかと思うんです。彼を深く深く傷つけてしまったんだろうということに、あとになって気がつきました。だからせめて、あのときの言葉は本心ではなかったよと伝えたいです……といっても、許してほしいだなんて言う権利は、私にはないと思うんですけど」
○なるほど。当時のRICCAは彼のことを想っていたが故《ゆえ》に、深く傷つけてしまったということだね？
「そうですね。あのころは私も若かったんで……ってそんなことを言うとなんだかずいぶん老《ふ》けた二十三歳だと思われそうですけど（笑）」
○（笑）。ちゃんと届くと思うよ。ゴウくんがなんとかするんじゃないかな。
「そうそう、ゴウさんが俺がなんとかするって言ってたので、必ず届くと信じてます」
○彼はやるときはやる男だからね。ところで最後に訊きたいんだけど、「未練があっても前に進む」ということは、今のRICCAには次の恋をする気持ちもあるということなのかな？
「はい、あります。でももし新しい恋ができたとしても、私のなかにはまだこの未練というか、『終わらないラブソング』で歌っているような気持ちは残っていると思うんです。この想いはきっと永遠に終わらないから。そんな気持ちを抱えている私と恋をしてくれるような人がいれば、してみたいなとは思っています」
○そうか。僕はぜひ新しい恋をしてほしいと思うな。そしてまた生み出されるラブソングを聴いてみたい。ＲＩＣＣＡのさらなる進化を見てみたいからね。
「ありがとうございます。前進し続けられるようにがんばります！」
○今日は貴重なお話をどうもありがとう。また話せる日を楽しみにしているよ。
「私もです。ありがとうございました！」

4

僕は二十五歳になった。あの雑誌が送られてきてから、もうじき二年が経とうとしている。今日は大晦日《おおみそか》だ。僕は高校時代の友人である翔太の家で年を越そうとしている。新聞記者として働く翔太は多忙な日々を送っていて、なかなか会うことができなかった。しかし先日、今年はいっしょに年を越さないか、という連絡が突然入った。特に理由はないけど久々に智也に会いたいんだ、と。

東京のど真ん中にある翔太のマンションには、翔太のほかにもうひとり住人がいた。綺麗な女性だった。玄関のドアを開けて僕を迎えてくれたとき、花村さんかと思った。でも翔太は「俺の彼女の美月《みつき》。ここにいっしょに住んでるんだ」と紹介した。

高校を卒業してから一度も会っていなかったので、翔太と話すのは実におよそ七年ぶりだった。翔太の誘いにのることにはしたものの、はじめは少し不安だった。あのころと同じように話すことができるのだろうか、と。ところがそんな不安は翔太に会った瞬間に吹き飛んだ。会ってみれば、すぐにあのころに戻ることができた。二十二時ごろ、美月さんは「先に寝てるね」と寝室に行ってしまった。僕に気をつかってくれたのだろう。いっしょに年を越さなくてもいいのかと翔太に訊くと、美月はそういうことには興味がないんだよ、ドライなんだ、と答えた。そういうところが好きなんだ、とも続けた。僕にとって唯一の「心の友」が、幸せそうでよかったと思った。それと同時に、その言葉を向けられているのはもう花村さんではないのだということについて考えた。あれから七年も経っているのだから当たり前といえば当たり前なのだけれど、なんとも言えない切なさがこみあげてきたので、テーブルの上に残っていたビールで流しこんだ。

テレビの画面には、紅白歌合戦の様子が流れている。年末恒例のこの歌番組も佳境だ。僕たちは賑やかな音楽を聴き流しながら、改まった身の上話などはせず、くだらないことばかり話した。七年ぶりに会ったなんてことはもう忘れていた。

スマホでRICCAのブログを開く。このブログは今でも変わらず兄貴が代筆しているらしい。

《十二月三十一日　紅白歌合戦出演！　出番は二十三時ごろ！！　絶対見てね！！！　よろしく！！！！》

やたらと「！」が多い文章の下に、リハーサル時のものと思われるRICCAの写真が貼られていた。今日も兄貴の笑顔がしっかりと写りこんでいる。僕は「紅白見てるよ。忙しいと思うけど、よいお年を！！！！」というLINEを兄貴に送った。

「紅白ってずっとやってるよな」

そう言いながら、翔太はテレビの画面を眺めている。

「そうだね」

僕は再びRICCAのブログに貼られている写真を見ながら答える。

「翔太、花村さんのことって覚えてる？」

翔太は人差し指を口の前に当てて、寝室のほうを見る。

「しっ！　美月に聞こえんだろ」

「ごめんごめん。まさかまだ関係続いてるとか？」

「んなわけないだろ。人聞き悪いこと言うなよ」

そのわりに翔太はものすごく小声だ。

「でも、忘れられるわけねえよな」

そう言って翔太が笑う。この憂《うれ》いを帯びた笑みで何人の女の子の心を奪ってきたのだろうと思ってしまう。

「……だよね」

「でも今は美月が好きだ」

素直に言える翔太がうらやましい。

「終わらない想いを持ったまま前に進むことは、悪いことじゃないみたいだからね」

僕はあの雑誌に書いてあったＲＩＣＣＡの言葉を口にした。

「なんだよそれ。またなんかの小説の引用か？」

「この子の言葉だよ」

そう言ってテレビの画面を指す。聴き覚えのある音楽が流れてきた。画面には「終わらないラブソング／ＲＩＣＣＡ」というテロップと、いつもよりも華やかな衣装を着てギターを持ったＲＩＣＣＡが映し出されている。

あのときリリースされた『終わらないラブソング』は、RICCA史上いちばんのヒット曲となっている。今では彼女の代名詞ともいえる曲だ。

「RICCA？　智也、RICCAなんて好きだったのか？」

「うん、そう。ファンなんだ」

「意外だな。智也が流行りの曲が好きだなんて」

イントロが終わり、RICCAが歌い始める。

「そう？　まあ昔付き合ってたからね」

翔太が飲んでいたビールを吹き出しそうになる。

「智也、そんな冗談が言えるようになったのかよ。おもしろいじゃねえか」

僕たちはテレビから流れてくる澄んだ歌声を聴きながら笑った。

「まあね」

なつかしい声だ。僕は目を閉じて、あの川原の風景を思い描く。

今でも鮮明に思い出せる。

オレンジ色の空。

リカの小さな背中。

川のせせらぎとギターの音色。

かすかに聴こえる鼻歌。

思い出すたびに胸が痛むけれど、それでいいのだ。

それでいいのだと、あのときリカが教えてくれた。兄貴が僕に届けてくれた。

　この痛みは、僕たちの恋が本当に存在していたということの証明だ。さらにいえば、この痛みこそがＲＩＣＣＡというすばらしいアーティストを生み出したのだ。そう考えると、僕の胸の痛みには特別な価値があるのではないかと思えた。

　それに僕はそんな想いを抱えながら、それでも足を前に進めている今の自分のことがけっこう好きだ。リカに出逢う前よりも、自分自身の人生を愛することができているように思う。あの恋をして少しだけ強くなった僕は、きっとすばらしい未来をつかめるだろうし、いつか世界を救うような日がくるかもしれない、なんてことを考えていたりもする。

　――みんな、なにかしらの痛みを抱えて生きている。

　街ですれ違う人も、ともに酒を飲んで笑う友人やその恋人も、テレビに出てくるあの有名人も。

　その痛みが人生を豊かにする、なんていうのは少しおおげさかもしれないけれど。

　過去の選択を振り返り、立ち止まってしまうこともあるかもしれないけれど。

　それでも僕たちの時間は続いていく。まだ見ぬ未来に向かって歩いていく。

　それぞれの心に、終わらない想いを抱えて。

参考文献

国立研究開発法人国立成育医療研究センター　https://www.ncchd.go.jp/index.html
一般社団法人日本ディスレクシア協会　https://jdyslexia.com
認定NPO法人EDGE　https://www.npo-edge.jp
一般社団法人全国地域生活支援機構　https://jlsa-net.jp
『ピーナッツと谷川俊太郎の世界 SNOOPY & FRIENDS』チャールズ・M・シュルツ、谷川俊太郎／KADOKAWA／2014年
『広辞苑 第六版』岩波書店／2008年
goo国語辞書　https://dictionary.goo.ne.jp/word/普通

みぎがわ歌詞

みぎがわ

1A
—
人の当たり前ができなくて
自分のことあきらめそうで
光のない部屋に隠れていた　でも
普通なんてつまらないって
特別ってすばらしいって
きみの言葉を抱きしめた

好きな人とふたり乗りって
どんな気持ちか知りたくなって
うしろからしがみついたら
不思議　どこまでもゆけそうな気がした

1B
—
あの日ここで出会わなかったなら
きみが気づいてくれなかったら
いつまでも　ひとりきりだったのかな…?

1C
—
きみと私　いちばん隣　みぎがわ
手をつないだ先のオレンジ色

キラリキラリ　瞳　空に　輝く
これからどんな夢をみれる？

うまく言葉にできないから歌にするよ
響け、この想いよ！
沈まないで　ずっと照らしていて

2A

「だれも理解してくれない」って
「ずっとひとりきりなんだ」って
それが当たり前と生きてきた　でも
歪んでみえた世界だって
きみといれば綺麗になって
晴れ渡る青　涙した
〝きみだけは私の場所〟って
自分の言葉を渡せるって
なんて幸せなことだろう
明日も　その心　動かせるように　歌う

2B

会えない雨の日
窓の向こう側
空っぽの部屋　鳴いたギター
守りたいもの　奏でていた

2C

きみをみてる　いちばん隣　ひだりがわ
握りしめたあたたかい声

同じ速度　進む足音　みてる
ふたりの時間が始まってく

D

救われたから　救いたいんだ
出会えた日から　思ってたんだ
嘘じゃないよ

「バイバイ、　また明日ね」って
言ったら　すぐ会いたくなって…

3C一

きみとふたり　手をつないだ　帰り道
黄昏みたいなオレンジ色

ヒラリヒラリ　風に吹かれ感じる
こんなに近くにきみがいる

きみと私　いちばん隣　みぎがわ
手をつないだ先のオレンジ色

キラリキラリ　瞳　空に　輝く
これからどんな夢をみれる？

うまく言葉にできないから歌にするよ
響け、この想いよ！
沈まないで　ずっと照らしていて

【作詞】
・佐々木淳一
・Ryota Saito

【作曲】
・佐々木淳一
・Carlos K.

本書は書き下ろしです。

この作品はフィクションです。
登場する人物、団体は、実在する
いかなる個人、団体とも関係ありません。

ゆきはる

『夕焼け色のラブソング』が小説投稿サイト「monogatary.com」主催の「モノコン2020」で優秀賞を受賞。同作を改題・加筆修正した本書『みぎがわ』でデビュー。

なぎがわ

2021年11月24日　第1刷発行

著者　ゆきはる

発行者　鈴木章一
発行所　株式会社講談社
〒112－8001
東京都文京区音羽2－12－21
電話［出版］03－5395－3506
［販売］03－5395－5817
［業務］03－5395－3615

本文データ制作　講談社デジタル製作
印刷所　豊国印刷株式会社
製本所　株式会社国宝社

N.D.C.913 239p 19cm
ISBN978-4-06-525784-5

KODANSHA